汉斯王国

砍柴斯基

沙坑

巨石

黑海

大家迷路的地点

银色独角兽

漂流的贝雷帽

〔瑞典〕巴布鲁·林格伦 著
〔瑞典〕爱娃·埃里克松 绘
王梦达 译

人民文学出版社
PEOPLE'S LITERATURE PUBLISHING HOUSE

著作权合同登记号　图字 01-2016-7106

VEMS LILLA MÖSSA FLYGER
Text © Barbro Lindgren 1987,
Illustrations © Eva Eriksson 1987
First published by Rabén & Sjögren, Sweden, in 2006. Published by agreement with Rabén & Sjögren Agency.
Simplified Chinese edition copyright © Shanghai 99 Readers' Culture Co., Ltd, 2017
All rights reserved.

图书在版编目(CIP)数据

漂流的贝雷帽 /(瑞典)巴布鲁·林格伦著;
(瑞典)爱娃·埃里克松绘;王梦达译. —北京:人民
文学出版社,2017
(银色独角兽)
ISBN 978 - 7 - 02 - 012326 - 1

Ⅰ. ①漂… Ⅱ. ①巴… ②爱… ③王… Ⅲ. ①儿童小
说-中篇小说-瑞典-现代 Ⅳ. ①I532.84

中国版本图书馆 CIP 数据核字(2017)第 046001 号

责任编辑:甘　慧　尚　飞　汤　淼
装帧设计:李　佳

出版发行　人民文学出版社
社　　址　北京市朝内大街 166 号
邮政编码　100705
网　　址　http://www.rw-cn.com

印　　刷　山东德州新华印务有限责任公司
经　　销　全国新华书店等

字　　数　89 千字
开　　本　890 毫米×1240 毫米　1/32
印　　张　6.75
版　　次　2017 年 5 月北京第 1 版
印　　次　2017 年 5 月第 1 次印刷

书　　号　978-7-02-012326-1
定　　价　35.00 元

如有印装质量问题,请与本社图书销售中心调换。电话:010 - 65233595

目　录

主要人物

汉　　斯　　小男孩

麝　　鼠　　俄罗斯麝鼠

艾　　伦　　长毛绒大象

熊　大　叔　　秃头泰迪熊

软　木　塞　　香槟酒瓶塞

冷　杉　果　　冷杉树的球果

马　　克　　橡胶猴子

小　　丫　　针织小鸭子

悲伤松塔　　葬礼上的装饰松塔

蜂　窝　煤　　破破烂烂的长毛绒小狗

石　　球　　石头小球

松　　塔　　松树的球果

第一章

通往汉斯王国的路并不远——出门沿碎石子路往前走，穿过爬山虎门，经过紫丁香丛，钻过小洞就到啦！沿途可以听见麝鼠忧伤的歌声和石球在草丛中发出的沉闷撞击声。伴随冷杉果们叽叽喳喳的喧闹，汉斯口袋里的小丫嘎嘎地起劲附和起来。

夜幕降临，月亮缓缓爬上天空，星星不停眨巴眼睛，酣睡的气息和断续的呓语充溢在无尽的黑暗中。然而到了白天，呈现在大家眼前的完全是另一幅画面：大海、草地、沙坑和树林清晰可见，湍急壮丽的月光河蜿蜒奔腾其中。

汉斯驾着小推车赶到时，蜂窝煤还在纸箱里酣睡。天刚蒙蒙亮，树梢上还缀着一颗颗晶莹的露珠，太阳好不容易钻出被窝，懒洋洋地从艾伦的松树后面探出脑袋。

小推车后传来小丫急促的喘息声——对于一只针织鸭子来说，能跟上汉斯的速度的确不是件容易的事，尤其是因为材料紧缺，他的一对翅膀是半纱半棉拼凑成的，特别笨重。

汉斯和小丫一个跑一个追，总算顺利到达蜂窝煤的纸箱前。汉斯捡起一根树枝左敲右击，小丫蹦上纸箱盖上下跳跃，试图唤醒蜂窝煤。

蜂窝煤睡得正沉。他正在经历一场噩梦：小狗一只接一只掉入巨大的深渊，大狗们急得团团转，却无计可施。他喘着粗气，不时地打着冷战。随着他身体的每一次颤栗，纸箱盖上的小丫也会跟着踉跄一下。

蜂窝煤已经很老了，他的脸色越来越苍白，身体开始进出一道又一道裂缝。只要稍稍跳跃一小步，毛絮便会立刻从裂缝中钻出来。

在汉斯和小丫坚持不懈的吵闹下，纸箱盖终于露出一小块空隙，探出来的是蜂窝煤毫无血色的鼻头。

"快醒醒！你们成天睡大觉，都不陪我玩！"汉斯的口气颇为不满。

蜂窝煤一脸困顿，一只眼睛沉沉地耷拉着，另一只投射出空洞无光的神色，望向远处的树林。

"怎么了？"他用敷衍的口吻嘟囔着。

"一只针织鸭子从山上掉下来摔死啦！"小丫嚷嚷起来。

蜂窝煤努力竖起一只耳朵。

"就刚才？就这儿？"

3

"才不是呢，很早很早以前，在一个很远很远的地方。"小丫回答。

蜂窝煤的耳朵又垂了下来。

他慢腾腾地挪出纸箱，将皮肤上的斑点、裂缝和洗涤标签暴露在晨曦中。

一行三个就此踏上了散步之旅。

他们的目的地是距离最近的宁静海。远远望出去，一眼可以看见马克的麦片铁罐在阳光下闪闪发光。

就在汉斯和小丫大吵大闹的同时，马克从铁罐里磕磕绊绊地爬了出来。

"吵什么吵，"马克咕哝着，"我正睡觉呢。"

说这话的时候，马克始终紧闭着双眼。由于整个

身体都是橡胶的，因此睁眼成为一件异常艰辛的任务。当然，这也导致他总和橡胶摩托车连为一体。

"你这不是在说话吗？"汉斯疑惑道。

"那是梦话。"马克辩解。

"能不能让我咬一口你的摩托车？"蜂窝煤可怜兮兮地恳求道，"我的牙根痒痒的，好难受。"

"你疯了吗？车胎会漏气的！"马克抗议。

在百般努力下，马克才好不容易睁开一只眼睛，加入了散步之旅。

换作从前，蜂窝煤肯定吠叫着冲在前面，但如今他老了，再不能精力旺盛地充当开路先锋。他们就这么往前磨蹭着，直到看见石球张皇失措地从山坡上滚下来。

"快拦住我！拦住我！"石球高声尖叫着，在以最快的速度撞上马克的摩托车后，终于停在苔藓丛中。她

已经不休不眠地滚了一整夜——真见鬼！一路都是下坡，连个能缓冲的小坎儿都没有。石球的脑袋晕乎乎的，看什么都是天旋地转，散步肯定是没戏了。

"随便找个洞，赶紧把我放进去！"她哀求道。

大家选了个不大不小的洞，把石球安置妥当，然后在上面铺一层厚厚的树叶，继续往前走。

太阳越升越高，大家散步的兴致也越来越浓。他们很快就抵达了黑海，在水边的一块石头上，麝鼠头戴一顶毛茸茸的贝雷帽，动情地哼唱着一首忧伤的俄罗斯民歌。他本不属于这里，出现在此地完全是误打误撞。

麝鼠原来生活在俄罗斯。某天，他戴着这顶贝雷帽，站在俄罗斯的黑海边怔怔地发呆，什么也不说，什么也不想。当他低头望向水中倒影时，贝雷帽突然带着他漂流起来。

麝鼠就这样漂呀漂呀，昼夜交替，四季轮回，直到一天清晨，漂到月光河的他才被蜂窝煤搭救上来。当时，蜂窝煤还不像现在这样破烂不堪，而麝鼠可是一副惨兮兮的模样——经历了黑海、宁静海和月光河的冲刷，他浑身湿漉漉的，颤抖着蜷缩成一团。

"早上好，麝鼠。"蜂窝煤友好地主动打招呼。

麝鼠抽了抽鼻子作为回应。

"和我们一起散散步呗！"蜂窝煤建议道。

但麝鼠只是沉默地摇了摇头。他正在酝酿一首优美的诗，不希望被别人打扰。石球撞上马克的摩托车时，他刚有了这一句的灵感：年迈的老鼠啊，就连埋怨都无声……

"再会，我亲爱的朋友。"蜂窝煤告别了麝鼠，跟随大家继续往前走。毛絮不时地从他身体的裂缝中掉落出来，每一次翻越树桩，他的一只耳朵就会因用力

8

而剧烈地颤抖。与此同时，沙坑里完全是一派平静祥和的场景。前一天马克驾驶摩托车留下的刹车痕迹和轮胎轨迹都还在，但汉斯的平底锅里却出现了某位不速之客。看见耷拉在外面的长鼻子，大家立刻猜出那是艾伦。

"你躲在我锅里干什么？"汉斯生气地一把拽住艾伦，拼命摇晃起来。她的身体里灌满了沙子，沉甸甸的，几乎无法动弹。在一阵剧烈晃动后，艾伦终于恢复了以往的轻盈姿态，但没过多久，她又头重脚轻地一头栽进平底锅里。

"把她倒出来！把她倒出来！"小丫跟着起哄。

但蜂窝煤决定放她一马。

"谁都有老的时候，谁都有躺着休息的那一天。"蜂窝煤意味深长地说，然后跟着大家继续往前走。

马克现在可算是彻底清醒了。他两只眼睛瞪得滚圆，加足马力发动摩托车，在轰鸣声中穿过球果牧场。但球果们没空搭理他，她们正围成一圈看热闹：小松塔孤零零地站在中间抽抽搭搭，冷杉果们聚在一旁边跳边笑。

　　"太不像话了！"汉斯大步迈上前去，一只接一只地抓起冷杉果，用力抛向空中。受到惊吓的冷杉果纷纷张开鳞片，大呼小叫地求饶。

　　"要是你还不解气，我可以把他们踩成碎片！"

　　"不要，千万别！"小松塔抽泣地阻拦。

　　冷杉果陆续掉在地上，一只只晕头转向。他们的小脑袋很不发达，因此要费很大功夫才能搞清楚自己的位置。

　　汉斯抚摸着小松塔疙疙瘩瘩的脸颊。

　　"他们怎么欺负你了？"

　　小松塔深吸了一口气，努力使自己平静下来，用略微发颤的声音回答道：

"他们觉得自己更高级。因为他们是冷杉树结的球果，而我只是从松树上结出来的。"

"就冲这个，我也要把他们统统踩扁！"汉斯又来了脾气。

心软的小松塔请求他别这样，放过冷杉果。与此同时，跌落在地上的冷杉果们开始意识到自己的狼狈处境：他们七零八落地散落各处，有的跌断了腿，有的跌折了胳膊，而原先的嘲笑对象小松塔也不见了踪影。

我们究竟是怎么被丢到这儿来的？刚才我们又跑又笑的，又是为了什么？冷杉果们百思不得其解。

他们面面相觑，疑惑地打量四周，完全得不到答案。

"等我心情好了，再帮你们把身体修理好！"汉斯哈哈大笑，头也不回地走了。

第二章

　　小丫究竟有没有自己的家？这个问题恐怕没有标准答案。他不像蜂窝煤那样，成天住在纸箱里；也不像石球那样，找个洞就能当家。事实上，他大多数时候都在肥皂盒里过夜，要是绒布鸭脚实在酸得走不动了，他就钻进汉斯的口袋里窝着。

　　不过，悠闲时光必须暂告一段落了。因为今天是蜂窝煤的学校开学的日子，大家都要去上课，只有汉斯除外——他还没到上学年龄呢。

　　蜂窝煤学校的开放时间很随意。有时蜂窝煤一连好几天都在睡觉，学校就暂时关闭停课。若是赶上蜂窝煤来精神了，学校可以不休不眠地彻夜开放。现在正是上课时间，蜂窝煤早已端坐在纸箱内，用前爪握住教鞭准备就绪，满心期待着小丫正式成为纸箱学校的新生，接受狗类知识的系统培训。小丫有些无精打采，耷拉着脑袋，巴望着学点鸭类知识。但蜂窝煤知道的有限，他也无可奈何。

第一节课可不简单。幸好石球及时滚了进来，化解了小丫的孤独。他们首先要学习的是如何做到"坐如钟，站如松"。

"坐好别动！"蜂窝煤严肃地说。

石球一动不动地停在原地。小丫的膝盖没法打弯，想要坐下就会立刻摔个屁股墩。

"那躺好别动！"蜂窝煤换了个指令。

小丫仰面朝天躺倒在地，石球依然纹丝不动。蜂窝煤很快把他们抛在脑后，找了一小块荫凉的地方睡觉去了。

　　小丫和石球只好傻乎乎地练习静躺，难倒不难，就是有点无聊，而且这种本领根本不用学就能掌握。

　　其间，汉斯驾驶小推车经过纸箱，冲他们打了个招呼："你们干什么呢？"接着就迅速消失在小树林里了。

　　蜂窝煤似乎完全没有醒过来的迹象，石球打了个呵欠，自顾自地滚开了。

　　石球喜欢随时关注其他的球。这也难怪，就像小丫喜欢关注其他的鸭子，石球关注的自然是球类。

　　然而，一个残酷的事实是，石球从来没有和球类家族的其他成员接触过。她的确瞥见过像球一样的东西，但对方高高悬挂在空中，十分刺眼，而且从没有掉下来过。

　　汉斯第三次大呼小叫着从纸箱边驶过时，蜂窝煤总算醒了。他睡眼惺忪地环顾四周。

　　小丫一个鲤鱼打挺，赶紧站了起来。

"保持坐姿优雅！"蜂窝煤下令。

小丫努力想要优雅地坐下，结果又一次结结实实地摔了个屁股墩。

"开始吠！"蜂窝煤下了第二道指令。

小丫完全不理解"吠"是什么意思，只是隐约感觉和狗类有关。他一脸茫然，愣在原地。

"吠！"蜂窝煤又强调了一遍。

小丫站在原地，出神地盯着草地。

"那你'汪！汪！'叫两声好啦！"

"嘎！嘎！"小丫叫道。

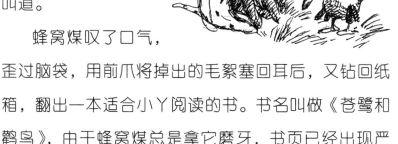

蜂窝煤叹了口气，歪过脑袋，用前爪将掉出的毛絮塞回耳后，又钻回纸箱，翻出一本适合小丫阅读的书。书名叫做《苍鹭和鹳鸟》，由于蜂窝煤总是拿它磨牙，书页已经出现严重破损。

《苍鹭和鹳鸟》是一本相当难读的书。里面密密麻麻都是字母，还有一张不知道是苍鹭还是鹳鸟的图

片，小丫看着就头疼。无论怎么努力，他还是一个字都不认识。蜂窝煤爱莫能助，最近他的视力下降得厉害，看东西仿佛隔了层浓雾，模糊一片。

就在小丫纠结于深奥课本的这天，稍晚些时候还有一件重要事情发生——汉斯又要过生日了！虽然距离上一个生日才过去两天，但汉斯的生日想什么时候过就什么时候过，他可不必像蜂窝煤一样，眼巴巴等上一年才能庆祝一次。

"过生日啦！"汉斯一路高呼，沿途讨要生日礼物。"过生日啦！"

汉斯将小丫揣在口袋里，用最快的速度穿过球果牧场。小松塔开开心心地到处蹦跶，缺胳膊断腿的冷杉果们挤在栅栏边，愁眉苦脸地相互安慰。

不多时，波光粼粼的黑海出现在汉斯眼前。

小丫奋力挣出口袋，凑到麝鼠家的洞口边往里瞄。负责装修这个洞的是名设计师鼹鼠，他特意在地上铺了昂贵的红色毛毡，既温暖又舒适。

"过生日啦！"小丫嘎嘎嚷着，大步走了进去。

麝鼠家正巧有客人——石球滚了进来，在毛毡上找了个褶子停下来。

"我恐怕没准备什么礼物。"麝鼠吞吞吐吐。

"随便给点什么就行！"汉斯在洞口喊。

麝鼠将废纸堆翻得哗啦啦直响，最后好不容易在角落里找到一只瓶盖。

"就这个吧！"他将瓶盖从洞口递出去。

至于石球，汉斯可不指望从她那里得到生日礼物。石球就是石球，除了她自己，什么都没有。

汉斯将小丫重新揣回口袋，再一次上路出发。

纸箱学校外，蜂窝煤正坐着苦等小丫的出现。他

刚用完早餐，正利用休息间隙用石头填补地面的凹陷。

"蜂窝煤，我今天又过生日啦！"汉斯说。

"真神奇啊。"蜂窝煤嘟嚷着说。

"那是！"

"可你这周已经过三次生日了！"

"因为我需要成长嘛……"

"那你也不可能长那么快。"蜂窝煤认真地反驳。

在他们对话的同时，小丫正躲在汉斯的口袋里，祈祷不被发现。

"我在等小丫，没有学生怎么上课嘛。"蜂窝煤有些委屈。

听到这话，小丫忍不住歇斯底里地笑出了声。

"别闹啦，快从口袋里出来吧！"

事情发展到这一步，汉斯的生日是过不成了，小丫也只好乖乖钻出口袋，继续上课。

"欢迎回来。请进。"蜂窝煤掀起纸箱盖，示意小丫进来。

纸箱里顿时显得很拥挤，一般来说，除了蜂窝煤自己，纸箱里只能装得下三本书：《苍鹭和鹳鸟》《绞刑的真相》和《中国的内政》。

由于磨牙的频率不同，比起《苍鹭和鹳鸟》，《绞刑的真相》一书的磨损程度更为严重，几乎达到了难以翻阅的地步。至于《中国的内政》，就连蜂窝煤自己都读不通，更别提拿出来充当课本了。

今天上课的主题是"关于骨头的重要知识"，这是蜂窝煤最为擅长的领域，就算不用教材他也一样能讲得头头是道。

"关于骨头，最关键的一点是能够分辨它的好坏。

19

如果闻起来很臭，它就是根好骨头；闻起来很香的话，它一定是根坏骨头！其次是掌握掩埋的技巧。首先，我们需要找到一处绝佳的秘密地点，然后用最快的速度刨出大小合适的坑，将骨头埋进去。以上就是关于骨头的重要知识。"蜂窝煤说完，舒服地伸了个懒腰，瞅了瞅夹在《中国的内政》和墙壁之间的小丫。

骨头的课程到此结束，现在是休息时间。

但凡有找到的骨头，早就给蜂窝煤吃完了，因此小丫实在没有可以拿来实习的样本。不过按照蜂窝煤的说法，随便找点什么，在地上挖个坑埋起来也是一种练习嘛！

小丫一溜烟跑远了。刚才在纸箱里被压扁的身体慢慢膨胀回原状。但刨土可是个巨大的考验——他一双绒布鸭脚软绵绵的，在硬硬的土地上根本不起作用。小丫跑出好远好远，直到沙坑边才停下来——又大又深的沙坑简直就是天然的掩埋地点！

汉斯已经占据了一个沙坑，在另一个沙坑里埋着他的手推车，细密的沙子几乎要没过车顶。

马克也在。他正专心致志地在沙坑间的赛道上驾驶摩托，根本没时间和小丫打招呼。

"不介意的话，我也可以把你埋进去。"汉斯对小丫说。

还是算了，小丫嘀咕道。他刚刚上完一堂重要的课，正在练习如何把自己以外的东西埋起来。

"那你打算埋什么呢？"

"什么都行！"

小丫挨着汉斯躺下，半陷在沙坑内思考着。

"正好马克在这儿，不如把他埋起来算了。"汉斯建议道。

"你敢吗？"小丫不安地问。

"敢？这有什么敢不敢的！到时候就说我们造了条高难度的赛道，把他骗进最大的沙坑！然后我们就拼命往他身上泼沙子，蜂窝煤看过之后，我们再把他挖出来。"

马克正全神贯注地飙车，对他们的呼唤充耳不闻。最后，汉斯只好用平底锅将他扣住才算完事。

"放开我！"马克气急败坏地嚷嚷，"我差点就破纪录了！"

"我们刚刚给你造了条新赛道，坡度很陡，可刺激了！"

　　马克的眼睛里闪烁出兴奋的光。

　　"很陡？有多陡？"

　　"你去了就知道了。"汉斯朝小丫使了个眼色。"站在上面往下看，我和小丫就是两个小黑点！你能想象有多陡了吧？还不赶紧去试试？"

　　在大家的鼓舞下，马克开足马力驶上沙丘顶端，接着向沙坑最深处直冲而下。还没等马克反应过来，汉斯已经迅速抓起平底锅，一锅锅地往里面填沙子，小丫也跟着起劲帮忙，直到沙坑完全被填平才住手。汉斯在上面竖了根木棍作为记号，小丫赶忙跑去向蜂窝煤邀功。

当蜂窝煤跟着小丫赶回沙坑时，他们才发现，做记号的木棍已经被汉斯不小心撞飞了。这下糟了，汉斯和小丫无论如何也想不起来马克被埋在哪儿了。

蜂窝煤饶有兴致地踱来踱去，用目光扫视着已经填平的沙坑。对于得意门生的杰作，他感到由衷的满意和喜悦。不过沙子里散发出的橡胶味多少有点奇怪。没过多久，在大家的合力挖掘下，马克才终于获救。

所幸的是，对被沙埋起来这件事，马克自己倒觉得挺好玩。唯一的遗憾是，陷在沙坑底部时，他的摩托车转向没那么灵活了。蜂窝煤对小丫的沙坑赞赏有加，忍不住自己钻进去，向大家道了声晚安，然后舒舒服服地打起盹来。

第三章

蜂窝煤坐在纸箱里，默数自己可能患上的所有疾病。这段时间以来，他的耳朵发烫得厉害，而尾巴却冰凉得可怕。

突然，他的肚子上传来针扎一般的刺痛。联想起这些天眼皮直跳，蜂窝煤的心底涌上一股难以名状的不祥预感。因此，当熊大叔拎着留声机蹒跚来访，想要和他听听音乐谈谈心事时，蜂窝煤只觉得忧愁和悲凉。

"晚上好，老兄。"熊大叔笨拙地爬进纸箱。

"晚上好。老兄我病了。"蜂窝煤情绪低落地说。

熊大叔立刻来了兴致。他自己算是久病成医，大概有一年的时间，他总觉得眼里像扎了根针一样难受。

最后，他还真在眼睛里发现了一根缝衣针！

还有一次，他在水塘边坐着发呆，结果两条腿灌满了水，沉甸甸的寸步难行。

在熊大叔看来，蜂窝煤根本没有什么致命疾病，很可能也有根缝衣针——或是图钉什么的扎在他肚子上。至于眼皮直跳这件事，也不必大惊小怪——蜂窝煤老了，眼皮失去弹性，自然难以控制。

"依我看，你每走一步，毛絮就往外掉，这才是要命的事。"

"这倒不要紧，塞回去就行了。"蜂窝煤稍稍安了点心，口气也轻松不少。

"狗的可悲之处就在于此啊！"熊大叔摆弄着留声机，发出颇有几分哲学色彩的感慨。

太阳无声无息地消失在麦片铁罐后，熊大叔和蜂窝煤挨坐在纸箱内，欣赏起泰迪熊贝多芬的交响乐。

乐声悠扬，纸箱内的气氛变得越来越忧伤。说实话，蜂窝煤并不懂音乐，只是觉得既然听来忧伤，就一定有忧伤的理由。

"生命就像只球，"熊大叔说，"它向前滚呀滚，不知道什么时候会滚进什么样的洞。"

蜂窝煤的额头上泛起深深的皱纹，这句话听来似乎很有道理，但他不是很明白。

"这就是生命，"熊大叔说，"我们迟早都会掉进某个洞里，就此终结一切。"

"你的意思是，石球住的那种洞？"蜂窝煤试探地问。

"随便哪个洞都有可能，大小深浅都不好说。"熊大叔回答。

蜂窝煤深深叹了口气。

音乐声骤然低沉下去，熊大叔突然抽泣着蜷缩成一团。

"你说，我们活着究竟是为了什么？"他带着哭腔问。

听见这话，原本昏昏欲睡的蜂窝煤顿时清醒过来。

是啊，这的确是个问题。他只知道自己活着是为了啃骨头，但熊大叔活着是为了什么，他可说不好。

"生命是个谜。"熊大叔感叹。

蜂窝煤点点头。他自己也有两道擅长的谜题。第一道：什么东西滚呀滚，却永远滚不进纸箱？

谜底：石球。

至于另一道，他忘得一干二净。

熊大叔的神情越来越忧郁。伴随着三角铁的清脆敲击声，泰迪熊贝多芬的交响乐宣告结束，一切重新归于平静。

"我们活着究竟是为了什么？生命的意义难道不

值得追寻吗？"

"什么？"

"追寻生命的意义——追寻！"熊大叔又重复了一遍。

"所以呢？"

"我们可以成立一个秘密的兄弟联盟——追寻联盟。"

"有这个必要吗？"蜂窝煤彻底迷惑了。

熊大叔凑近他耳边窃窃私语。

蜂窝煤心想，反正自己已经找到生命的意义了——就是啃骨头嘛。但他没吭声，因为这肯定不是熊大叔生命的意义。

神秘的追寻联盟就此成立，熊大叔和蜂窝煤光荣地成为仅有的两位联盟成员。

熊大叔找到蜂窝煤的铅笔，在纸箱盖下面的外墙上，认认真真写下"追寻"两个大字。

天色逐渐暗下来，夜幕中的星星一颗一颗亮起来。他们脚下不时传来石球撞击在大地上的震荡余波。

　　熊大叔收起留声机，爬出纸箱准备回家。他竖起耳朵仔细听了听，判断石球距离自己还有一段，这才放心。

　　"晚安，我的追寻老兄。"熊大叔打了个呵欠，迈着大步走远了。

第四章

中国的内政

次日一早，马克刚刚努力睁开了一只眼睛，便迫不及待地驾驶摩托车到处捣乱。他绕纸箱学校兜了一圈，然后猛地停在蜂窝煤面前。

蜂窝煤才用《中国的内政》磨好牙，正准备把书放回去，冷不丁被马克吓了一跳。

"瞧你这副毛糙样！"马克打趣道。

"毛糙……我哪儿毛糙了？"蜂窝煤有些迷惑。

"你的刘海嘛！"

"刘海……哦，你是说脑袋啊。"蜂窝煤这才稍微回过神来。

30

他抬起前爪挠了挠头，毛絮争先恐后从裂缝中挤出来，散落得到处都是。

马克有些不好意思。

"你得想个办法把自己缝缝好，不然很快就变成瘪瘪的一摊啦！"他将摩托车靠在纸箱旁，煞有介事地说。

蜂窝煤从没学过缝纫；艾伦纵然经验丰富，在这方面也一窍不通；汉斯只会大呼小叫，跑来跑去；至于石球，就算把她摔成八瓣，也别指望她能捏起一根针。

"要是你碰到哪位裁缝，千万记着我的事。"蜂窝煤叮嘱道。

就在这时，马克瞥见了纸箱盖下写着的"追寻"两个大字。

"这是什么玩意儿？"

马克不认识"追"字，但知道它的偏旁部首是走之底。他读过《苍鹭和鹳鸟》的第一节，上面写着：鹳鸟，又称送子鸟。"送"字也是走之底。"寻"字他倒是见过，报纸上不是会刊登《寻人启事》一类的

31

嘛，应该和《失物招领》差不多吧。

"这两个字到底是什么意思？"马克又问了一遍。

蜂窝煤脸上微微发烫。对啊，这两个字到底是什么意思呢？他完全不记得了。他昨天和熊大叔究竟商量什么来着？

"我得保密，"他吞吞吐吐地说，"总之是一个联盟之类的……"

"联盟？丢东西的联盟？"马克还是不死心。

"这是我和熊大叔成立的联盟。"蜂窝煤嘴上敷衍，脑子却在飞快地思考着。

追寻？没头没脑蹦出这么一个词，他还真有些恍惚。

追就是跟在后面跑。寻就是找。可他们为什么要跑着找东西呢？

熊大叔自然是不能问的——蜂窝煤不想让对方嫌弃自己忘性大。其他——其他就没有谁可以问了。

有一点可以肯定，这绝对不是一个欢天喜地的联盟。因为蜂窝煤记得，熊大叔是在听泰迪熊贝多芬的忧郁交响乐时产生的灵感。

看着时间还早，蜂窝煤于是邀请马克来纸箱里读一读《中国的内政》。但马克惦记着沙坑和他的新纪录，匆忙发动摩托车，一溜烟地跑远了。

一连三天，蜂窝煤都在苦苦思考"追寻"的含义。他甚至封了纸箱盖，暂时关闭纸箱学校，外出寻找灵感。

他就这么漫无目的地到处溜达，最后停在麝鼠家的洞口外。

"请进！"麝鼠听见动静，朝外面喊了一声。

"谢谢……可是洞口太小，我进不去。"蜂窝煤扯着嗓子往里喊。

不一会儿，麝鼠怀抱着笔记本，灵活地钻了出来。

"早上好，麝鼠！"蜂窝煤礼貌地打了个招呼，"我过来就是……就是……就是想……想请教你一件事……关于……关于俄罗斯小狗……"

麝鼠皱了皱鼻子，爽快地打断他：

"俄罗斯没有小狗。俄罗斯只有老鼠。"

"这样啊,"蜂窝煤有些尴尬,"其实……其实我想问的是,俄罗斯的树枝怎么样?"

　　"那倒是不少……粗的细的都有。"

　　"我由衷地期待你能就俄罗斯树枝举办一场讲座……"

　　"这个建议值得考虑,"麝鼠沉思半晌,"不过恐怕要等我创作完这首诗才行。"

　　蜂窝煤一脸崇拜地望着他。

　　蜂窝煤自己当不成诗人。年轻的时候,他曾经深深迷恋过一只布艺腊肠犬,被对方拒绝后,蜂窝煤写过不少悲伤的情诗，但效果并不好，因为他对腊肠犬的形容不是香肠就是烤肠。麝鼠则不同，他拥有与生俱来的艺术家气质，这一点令蜂窝煤羡慕不已。

"你的诗还要多久才创作完？"蜂窝煤小心翼翼地问。

麝鼠翻开笔记本，用微微发颤的嗓音动情地朗诵道：

"年迈的老鼠啊，就连埋怨都无声……"

"写得好！"蜂窝煤赞赏地说，"然后呢？"

"我就想出这么一句。"麝鼠微微一笑，合上笔记本。倒退着踱回洞口。

"等等，麝鼠……还有件事……我想请教你……"蜂窝煤心虚地四下张望。

"你觉得有哪些可能……我是说在你看来……我们会'追寻'什么？"

麝鼠停住脚步——他毕竟是一只睿智、善于思考的俄罗斯麝鼠。他凝视着波光粼粼的黑海，伸出毛茸茸的前爪摸了摸脑袋上毛茸茸的贝雷帽。

"追寻漂流的贝雷帽。"他答道。

"不对，比这个要伤感。"蜂窝煤摇摇头。

麝鼠又陷入了沉思。

"追寻失去的脚指甲……"

话没说完，被勾起伤心往事的麝鼠压抑不住情绪，眼泪像断了线的珍珠一样掉落下来。

俄罗斯的诗人大概都这样多愁善感吧，蜂窝煤想着，默默走开了。

时间一天天过去，蜂窝煤对"追寻"意义的兴趣越来越淡薄，但却越来越深刻地记起很久前参加的一场葬礼——对，很久很久以前，他的朋友们都相继离世的那段时间。

那是一场毫无悲伤气氛的葬礼，确切说，那感觉反倒颇为愉悦和轻松。就连最敏感的麝鼠都没掉一滴眼泪。

葬礼的主人公是一只曾经辉煌的网球。

网球没受过什么教育，甚至从未踏入纸箱学校一步。尽管脑子里没什么文化，他的外表倒是保持得无比光鲜。不幸的是，某个黑夜里，一颗陨落的彗星击中了酣睡的网球。原本洁净无瑕的网球瞬间变成漆黑泥泞的一坨破烂。

蜂窝煤沉浸在回忆网球葬礼的喜悦中，完全没留意脚下浅坑里正在打盹的石球，失神中被狠狠绊了一跤。

"哎哟！"石球叫起来，慌忙把眼睛睁得大大的。"我怎么睡着了……我刚才明明在……"

"放轻松，亲爱的石球，"蜂窝煤略带歉意地打趣道，"我知道，你在练习静躺不动的技能，对吧？"

石球舒了口气，安心地躺回浅坑，又困倦地耷拉下眼皮。

从球果牧场传来尖叫声和呐喊声。汉斯早就帮冷杉果们装好了胳膊和腿，无奈这群小家伙实在太懒，除了偶尔打个滚，翻个身，一步都不肯挪窝。一堆大大小小的冷杉果散落一地，七嘴八舌地议论着小道消息：松塔不见了——就这么无影无踪地消失了！

　　"松塔去哪儿了？"蜂窝煤焦急地向他们打听。

"松塔？哪只松塔？自打躺在这儿起，我们就没见过什么松塔。"

"就是住在牧场里的那只小松塔！"

冷杉果们面无表情地躺在原地，懒得搭理蜂窝煤。

蜂窝煤循着松塔的气味往前找，突然嗅到了一股浓郁的大象味。直至走到松树下，蜂窝煤才发现，艾伦正孤零零地坐在家门口前的松枝上。

艾伦的大脑曾经一度也有一颗普通葡萄那么大，不过现在，它已经萎缩成一粒葡萄干了。

艾伦的童年经历极其悲惨。她的母亲不慎跌入垃圾桶，从此杳无音信。好在一只发条松鼠收养了她，并且教会了她甩尾巴和剥果壳的技巧。因此，艾伦的身体很早就被松鼠的灵魂所占据。她喜欢收集各种坚果，喜欢在树上爬上爬下，也会为无法在树梢间跳跃而感到遗憾。

现在，艾伦正默默坐在家门口的松枝上，将收集的果壳按大小分类整理。

"不好意思，打扰了，艾伦。你有没有见过松塔？"

"没有，"艾伦腼腆地回答，"我早就不吃松塔啦！"

"可能她从松树下面蹦跳着经过呢，你有没有听到什么动静？"

"没有，这些天我的听力很差。恐怕是耳朵因为淋雨缩水了。"

艾伦挪了挪屁股，在树枝上调整好坐姿。在阳光的照射下，她的身体周围浮起一圈粉末状的光晕——和蜂窝煤的毛絮不同，艾伦体内填充的是细密的锯末。

"你应该赶紧把自己缝缝好，"蜂窝煤忍不住劝道，"上次我和熊大叔还讨论缝衣针来着……"

"先把你自己缝缝好吧。"艾伦说完，将耳朵盖在眼睛上，婉转地向蜂窝煤发出了逐客令。

蜂窝煤继续踏上寻找松塔的旅程。

"喂！"他高喊。

"喂！"远处传来回应。

"喂！这儿！"

"喂！喂！"

汉斯的小推车出现在地平线那头。

"喂！小松塔不见了！"蜂窝煤喊道。

"我们已经知道啦！是我们最先发现的！我们正在找他呢！"

"想想都可怕，"蜂窝煤说，"说不定他失足掉进了坑里，或是在水塘里淹死了……或者被剥了壳……甚至被活埋也有可能！"他越说越紧张。

大家陷入一片沉默。

"不过我很怀疑，小松塔是被恐怖链锤抓走的。"汉斯开了口。

小丫刚从汉斯口袋里探出半个脑袋，听到这话，吓得赶紧缩了回去。

蜂窝煤不由打了个寒噤。

"恐怖链锤……我怎么从没听说过……他是谁啊?"

"一只恐怖的链锤嘛!"汉斯说。

"怎么个恐怖法?"

"这个嘛,"汉斯想了想,"他会先把大家唬住,然后溜进房间,把他们死死缠住!"

"这个恐怖链锤……你亲眼见过吗?"蜂窝煤半信半疑。

"那还用说?我这就去找他!"

汉斯信心十足地说完,驱动小推车,向树林深处驶去。

蜂窝煤满脑子都在琢磨恐怖链锤的事,也就暂时不去担心小松塔的下落。他可不想碰见什么恐怖链锤,安全起见,他还是在树林外转转算了。

这是一天中难得悠闲的时光。月光河在他身边静静地流淌,蜂窝煤感到越来越浓的倦意,在石头后面找了块舒服的地方,很快就进入了梦乡。

与此同时，汉斯正顾着奋力赶路。

林间小路上散落着大大小小的松塔，但没有一只是他们要找的小松塔。

尽管道路坑坑洼洼，心急的汉斯还是不肯放慢速度。

"小心！前方有大坑！"他大声向口袋里发出警示。

太迟了。不知道什么时候，小丫已经被颠出去了。

小丫孤零零地在树林里晃悠。为了避免被恐怖链锤发现，他尽量保持双眼紧闭。在胡思乱想中，他突然感到脚下被什么硌了一下——原来是松塔！小丫又惊又喜，伸出翅膀紧紧抱住松塔。

"可算是找到你了！"小丫兴奋地嚷嚷。"是我找到你的。"松塔细声细气地说。

松塔忙不迭地

告诉小丫，自己是如何迷路的。

"我先走到那边，然后走到这边，穿过池塘，顺着坑往下走——结果就迷路了！"

小丫惊讶地打量着周围。

松塔说得没错，现在他俩都迷路了！

汉斯驾着小推车，在穿过两泓池塘，三只大坑，

跌了四个跟头后，听见从石头后面传来了小丫和松塔的声音。

他迫不及待地循声驶去，差点和小丫撞了个满怀——如果小丫和他体型相当的话，画面应该不那么惊心动魄。

"你们这是在干吗？真迷路了还是躲猫猫呢？"汉斯问。

松塔想了想。

"开始我是想躲猫猫来着，躲着躲着就迷路了。"

回家之前，小丫觉得有必要向汉斯解释清楚，自己是怎么迷路的。

他先往那边走，又往这边走。跌跌撞撞进了大坑，扑棱着翅膀穿过池塘，然后就迷路了！

他们三个你看看我，我看看你，表情由疑惑变成了恐惧——没错，现在他们三个都迷路了！

就在他们三个面面相觑的时候，石头后的蜂窝煤总算悠悠醒了过来。

一阵风吹来，蜂窝煤打了个激灵，突然想起自己的任务是要找失踪的小松塔。

他开始了漫无目的地四处乱走，经过高高低低的松树，穿过深深浅浅的池塘，越过大大小小的草坑，眼前突然出现了几个熟悉的身影。

他定睛一看，可不正是松塔、小丫和汉斯嘛！

老朋友重逢，除了高兴，还是高兴。在动身回家之前，汉斯觉得必须向蜂窝煤解释，自己迷路的经过。

"我穿过这片池塘，经过那棵松树，再跳进这只大坑——于是就迷路啦！"汉斯说。

蜂窝煤困惑地环顾四周。汉斯说得没错，现在他们四个都迷路了！

自打蜂窝煤绊过一跤后，石球就一直没睡好。再说，她还怪想这些朋友的。由于长期不开口说话，她的嘴唇已经干得快粘在一起了。她一挺身滚出浅坑，决定去找朋友聊聊天。

石球天性爱凑热闹。要是松塔在和大家躲猫猫的话，石球绝不肯放过捣乱的好机会。

她也不记得自己滚过多少路，总之最后，她听见大坑内传来一阵欢声笑语。

就这样，石球找到了松塔、小丫、汉斯和蜂窝煤。或者说，石球就这样被他们找到了。

不管怎么说，反正他们五个聚在了一起。按照规矩，回家之前，蜂窝煤必须向石球解释迷路的经过。他这边走走，那边走走，跳进大坑，绕过石头，穿过树林——就这么迷路了。

石球瞪大眼睛环视四周——蜂窝煤没有瞎说，现在他们五个都迷路了！

由于大家都处于迷路状态，树林里因此显得特别安静。

艾伦对此毫不知情，她还在呼呼大睡。麝鼠则坐在昂贵的红色毛毡上，专心致志地构思自己的诗。

"年迈的老鼠啊，就连埋怨都无声……"洞口外摩托车的声响生生打断了他的思绪。

麝鼠不情愿地将鼻头探出洞口。他和马克之间几乎从不交流——一个写诗的和一个开摩托车的能有什么共同语言嘛！

"你觉得它酷吗？"马克问。

"它？你指什么？"

"摩托车啊！我正琢磨着怎么改装呢！"

麝鼠叹了口气。

"其实我在找石球。她滚过这儿吗？"

麝鼠摇摇头，慢吞吞地将脑袋缩回洞里。他的印象里，自己家很少来客人。大清早的时候，蜂窝煤曾经因为一件重要的事情找过他，仅此而已。

马克挂上起步挡，扭头准备离开。

"书呆子！"他自言自语地嘟囔着。

马克不知不觉开出好远好远。在飞越过几个惊险的陡坡，绕过几个池塘，穿过几只深坑后，他在一棵松树前骤然来了个急刹车。松树后叽叽喳喳热闹极了——迷路的小伙伴们正聚在一起聊天呢。看见马克，大家兴奋地欢呼起来，并且决定，立刻动身回家！不过在此之前，石球必须履行程序，解释迷路的经过……

在石球讲述的同时，大家七手八脚地为马克指出池塘和大坑的位置，但马克对此毫无兴趣。

"你们这帮自作聪明的家伙！我怎么会不知道它们在哪儿？我自己就是这么过来的！现在该回家啦！"

他们六个终于踏上回家的旅程。石球坐在马克的

摩托车后面，其他几个挤在汉斯的小推车里。

根据汉斯的说法，一路还算平安，没碰上什么恐怖链锤。大家都累坏了，回到家后就睡了个昏天黑地。

第五章

经过这么一趟"迷途知返"的折腾，夜幕已经在不知不觉间悄然降临。静谧和安宁重新笼罩在沙坑和大海之上，黑暗仿佛一床厚实的棉被，无声无息地铺展开来。

只有麝鼠还醒着。他坐在海边的石头上，鼻子对着俄罗斯的方向，断断续续地独自哼唱。

若是我站在俄罗斯的石头上该多好！这满天星星，哪怕只有一颗属于俄罗斯也行啊……

他发出深沉的叹息，用前爪撑住脑袋，浮想联翩。

熊大叔恰好在此刻经过。他带着留声机和几页写有"追寻联盟重要事宜"的纸张，正往蜂窝煤家走。

　　昼伏夜出是熊大叔的老规矩。他既不喜欢小孩子，也不喜欢小动物，一听到他们的喧哗声就头疼。

　　他没怎么和麝鼠打过交道，只在一次和蜂窝煤的深夜散步时碰见过，匆匆忙忙打了个照面。

　　"晚上好，麝鼠。"熊大叔客气地问了声好。

　　麝鼠回过头来。

　　熊大叔将留声机放在地上。

　　"麝鼠先生，你对音乐感兴趣吗？"

　　"那还用说，很感兴趣啊！"麝鼠的语气中带有掩饰不住的骄傲。

　　"你喜欢泰迪熊贝多芬吗？"

　　"一般般吧。"麝鼠皱了皱鼻子。

　　熊大叔开始摆弄起留声机来。

　　"那泰迪熊莫扎特怎么样？"

　　麝鼠的表情越来越困惑。

　　熊大叔将唱片放在转盘上，搁上唱针，泰迪熊贝多芬的交响乐缓缓流淌出来。在悠扬的旋律中，麝鼠在石头上蜷起身子，酝酿着灵感，熊大叔则站在海边，出神地俯视自己在水中的倒影。

没过两分钟，马克驾着摩托车怒气冲冲地出现在他们面前，破坏了这一片浪漫气氛。

"快把这玩意儿关掉！我睡觉呢！也不看看都几点了？！"

"请问你是哪位？"熊大叔礼貌地问了一句，将唱针从唱片上取下来。

"我说大伯，这事归你管吗？！"马克气哼哼地来了一句，伴随着轰鸣声迅速消失不见。

"真是个没教养的小子。"熊大叔摇摇头，收起留声机。

就在这时，他瞥见麝鼠放在草地上的笔记本。

"麝鼠先生平时写东西？"

"我是诗人。"麝鼠有些腼腆。

熊大叔立刻来了兴趣。

"麝鼠先生都写些什么类型的诗？"

这个问题实在不好回答，因为自己涉猎的范围实在不多……麝鼠索性翻开笔记本，为熊大叔朗读

起来：

"年迈的老鼠啊，就连埋怨都无声……"

然后是一阵沉默。

"请继续。"熊大叔说。

"没有了，就这么多。"麝鼠说。

熊大叔的脸上流露出钦佩的神情，他还从来没听过这么短的诗呢。

麝鼠于是滔滔不绝地解释说，在他的家乡俄罗斯，有一位非常非常著名的麝鼠诗人，虽然这辈子只写过短短五个字，但它们太优美了，足以使他名垂青史……遗憾的是，这种优美只能用俄语表达……

熊大叔对俄罗斯或俄语都没兴趣。很早之前，他就从一个熟人那里得知，俄罗斯和这里完全不一样——四十只石球能挤在一个洞里生活。熊大叔对此无法接受。

"每只石球都应该有自己的洞嘛！"熊大叔不满地向麝鼠嘟囔，却发现对方紧紧抱着笔记本，不知何时跌入了忧郁的深渊。

熊大叔收起留声机和那几页重要纸张，朝着纸箱的方向继续赶路。

他咚咚咚地敲了好一阵子门，蜂窝煤才醒过来，将纸箱盖掀起一条缝向外张望。

当认清对方是熊大叔时，半梦半醒的蜂窝煤赶紧从纸箱里爬了出来。

"追寻联盟！"熊大叔意味深长地说，渴望从蜂窝煤的目光中得到回应。

这四个字仿佛一阵冷风，瞬间吹醒了蜂窝煤。追寻！要不是熊大叔，他这辈子怕是再也猜不出这个词的本意了。

"我还特地列出了几条纲领。"熊大叔边说边掏出纸。

蜂窝煤重重叹了口气。看来今晚要忍受的不仅仅

是泰迪熊贝多芬的音乐。

出乎他的意料，熊大叔并没有打开留声机。

"刚才我给那只俄罗斯麝鼠放音乐的时候，来了个没教养的小子。他全身一股橡胶味，对高雅艺术一窍不通。"熊大叔为自己在纸箱里腾了个地方，摊开纸张。

第一页上写着：追寻联盟。

第二页上写着：初级意义之泰迪熊贝多芬。

第三页上写着：中级意义之灾难。

第四页上写着：高级意义之疾病。

"你没意见吧，亲爱的老兄？"熊大叔问。

"呃……嗯……哦……看起来的确像那么回事。"

蜂窝煤结结巴巴地回答，裂缝里又挤出几绺毛絮。

"那我们签名吧。"熊大叔提议。

于是他俩在最下方认认真真写下自己的名字：

"以生命和名誉起誓。"熊大叔郑重地说。

"以生命和名誉起誓。"蜂窝煤跟着咕哝了一句。

接下来好像就没什么事了。

蜂窝煤实在撑不住，靠着纸箱内壁沉沉睡了过去。

熊大叔将纸张收好，拎起留声机，满意地回家了。

第六章

事情就这么定了，本周六，麝鼠将在纸箱学校举办关于俄罗斯树枝的公开讲座。只有艾伦请假缺席——她的身体太虚弱了，实在没力气跳下松枝。

麝鼠为此做了精心准备，在笔记本上列出长长一串树枝名录。

由于熊大叔许久不来造访，蜂窝煤感到轻松不少。一连好多天他都靠在纸箱上，揉揉爪子、晒晒太阳打发时间。

此外，他的磨牙功力也大有长进：《中国的内政》一书已经呈现出显著的破损；在掩埋三根瑞典树枝的过程中，他意外发现了五年前藏起的骨头。现在，蜂窝煤正心满意足地啃着骨头，期待着星期六的到来。

与此同时，汉斯和小丫正打算去宁静海玩水。小丫其实很少洗海水浴，他顶多坐在肥皂盒里，在水上漂两圈，就当是游泳了——谁让他是一只针织鸭子呢？

宁静海宛如镜面般透亮。小丫惊叹于这片宽广开阔的海面，暗暗想，要有多长的腿才能一步跨过去啊！海边的沙滩上，石球正在打着旋儿和自己玩。

汉斯和小丫可不想带石球玩，赶忙藏在马克的麦片铁罐后。可惜太迟了，石球一眼瞅见他们，欢天喜地地滚了过来。

"能带我一起玩吗？"她问。

"不行，我们打算找马克一起玩水。"汉斯说。

"马克今天不在家！"石球细声细气地说。

汉斯朝铁罐里看了看——果然是空的！

每次都是这样！总要出点岔子不可！汉斯愤愤地想。和马克一起玩水最刺激了——在水里无论怎么横冲直撞，马克和他的摩托车一点水都不会沾。

"你知道他去哪儿了吗？"

石球一脸茫然。她甚至不知道自己昨晚睡在哪个洞里，也不记得怎么滚到麦片铁罐附近的。她连马克的影子都没见到，只听到一阵发动机的轰鸣和水花的激荡声，其他就什么都没有了。

"你们能带我玩吗？"石球可怜兮兮地哀求。

汉斯和小丫一口回绝。

他们可受不了石球歇斯底里的骇笑。

"你不是喜欢麝鼠家的毛毡嘛！你去找他玩好啦！滚，滚，滚得远远的！"汉斯说完，奋力将石球往树林深处扔去。

"说起水花，真不知道马克是往哪儿跳的。瞧这水面，连个泡泡都没冒。"汉斯一边说，一边把盛有小丫的肥皂盒放进水里。

水面平静极了，别说冒泡泡，连一丝涟漪都没有。这太不符合马克的一贯风格了。

"他大概溺水了吧。"小丫正踩着肥皂盒冲浪，轻描淡写地来了一句。他自己就溺过很多次水，接下来的好几周都要在悬挂晾干中度过，才能重新恢复轻盈体态。

"拯救马克行动开始！"汉斯一声高呼，跃入水中。

翻涌的浪花打翻了肥皂盒，小丫尖叫着沉入水里。

打捞小丫当然不是件难事。只是他浑身湿漉漉，沉甸甸的，免不了又要经受几周的悬挂晾干。可小丫还来不及难过，他正在琢磨沉到水底时，脚下踩到滑溜溜的一团是什么东西。"就像一条小泥鳅……说不定是马克……"他瘫倒在麦片铁罐上，用颤抖的声音猜测。听到这话，汉斯一个猛子又扎进海里。

空荡荡的肥皂盒旁，一串气泡咕嘟咕嘟泛出水面。

汉斯向水底摸去。没错，是有一团和马克差不多大小的东西……汉斯将马克紧紧抓在手里，大量气泡随即涌了上来。

"你安全啦！"

"什么安全了？"马克十分疑惑，"我本来就很安全！我正在刷新一项新纪录，结果被你搅局了，还和我说什么安全不安全的。真可笑！"

"可你差点就被淹死了！"

"淹死？哈，我才不会被淹死呢。我又不像你们，我可是橡胶做的！"马克说。

他一上岸，身体上的水滴立刻滚落下来，完全看不出一点受潮的痕迹。

"你刚才说刷新什么纪录来着？"汉斯追问。

"我在水底憋气，看能保持多久不被发现。结果可好，出现了你这么个破坏大王。还有，赶紧找个地方把小丫挂起来，我的麦片罐又不是晾衣架！"

石球无声无息地滚了回来，靠在麦片铁罐旁，用一只眼睛注视着马克。汉斯拧干小丫的身体，将他暂时搭在小推车的扶手上。

"和我们一起玩水吧！"汉斯向马克发出邀请。

"玩水？！"马克从鼻腔里发出不屑的哼哼，"等你够格了再来找我吧。下次再坏我的好事，当心我对你不客气！"他说完，一个加速冲进铁罐。

"你还不知道吧，石球暗恋你！对，就是你！"汉斯冲铁罐里大声嚷嚷完，跳进小推车，一溜烟跑开了。

汉斯在距离纸箱学校不远的地方找了棵大树，将小丫挂了上去。

"别靠学校太近。"小丫央求道。他今天已经够倒霉的了，要是再被灌输狗类知识，那简直是雪上加霜了。

不过目前看来，他的担心完全多余。蜂窝煤趴在纸箱后面，正津津有味地啃着骨头，丝毫不理会周围发生的一切。

汉斯自顾自走开了，剩下小丫孤零零地挂在树枝上。

要是马克或小松塔在这儿该多好——哪怕是石球也行啊，反正比我孤孤单单的强，小丫想。

他还没来得及感伤，石球一颠一颠地出现了。

"石球！"小丫大喊。

"哎！"

"你看见我了吗？"

"没有！"

"我在你上面挂着呢！"

"哦！"

石球打了个滚，让眼睛朝上。

"你能带我玩吗？"

"能是能，可现在不行，"小丫瓮声瓮气地说，"我被衣夹捏得牢牢的。"

　　"我可以在下面打滚玩。"石球提议。她开始在树下滚来滚去，偶尔来个小幅度的跳跃，还不时朝滴滴答答的小丫抛去妩媚的一瞥。

　　"真好玩！"石球兴奋地大叫大嚷。她对生活没有太高要求，只要有观众捧场，她就觉得无比满足。

　　与此同时，小丫则在动别的脑筋。

　　"石球，你想不想知道一个秘密？"

"当然想！"

"马克暗恋你！"

石球砰的一声停下来。

"暗恋我？我？……一只不起眼的石头球？"

"没错。"

"是他亲口说的？"

"那当然。"小丫决心撒谎撒到底。

"他……他是怎么说的？"石球刻意避开小丫直视的目光，结结巴巴地问。

"他原话是这样的：'我爱石球，爱得简直要发疯。你觉得我和她有可能吗？'"

石球脸上一阵燥热，不知所措地滚来滚去。

"那你是怎么回答的？"她的声音低到快听不见。

"我让他自己问你呗！"

石球整张脸涨得通红，一阵阵发烫。

"我不是在做梦吧，马克那么帅，怎么可能……"

现在轮到小丫崩溃了，他没想到石球小小的躯体里蕴藏着那么大的能量：又是翻滚又是蹦跶，嘴里还发出各种感叹："天哪！""难以置信啊！"

小丫闭起眼睛，拼命摇晃脑袋，想要暂时忽视石球的疯狂表现。水滴随着甩动纷纷落下，砸醒了靠着骨头昏昏睡去的蜂窝煤。

"好好的怎么下雨了？"蜂窝煤咕哝了一句，叼起骨头打算钻回纸箱。

正在这时，他瞥见不远处的石球正慌里慌张地来回打转。

"别紧张，石球，欢迎你回学校。"蜂窝煤和蔼地说，"五分钟后开始上课。"

石球别无选择，只好硬着头皮滚进纸箱，学习关于骨头的重要知识。

由于树枝太高，蜂窝煤自始至终都没注意到小丫。在纸箱盖合上的刹那，小丫发出了一声轻微的叹息。

距离麝鼠的讲座日期越来越近，汉斯特意前往球果牧场打开栅栏，节省冷杉果的赶路时间。

小松塔又失踪了。不过这一次，他只是趁着冷杉果偷懒的间隙，挑了个他们看不见的角落藏起来而已。

蜂窝煤在三个地方都挂了牌子：

讲座：俄罗斯树枝概况
主讲人：麝鼠
时间：本周六

其中一块挂在麝鼠家的洞口，另一块挂在麦片铁罐旁边，还有一块挂在纸箱学校后面。三块足够了，蜂窝煤想，反正大多数学生也不识字。

比如时间观念很强的冷杉果，星期五一大早就聚集在麦片铁罐周围，对着牌子指指点点，结果仍然一头雾水。

到了傍晚，马克才驾着摩托车回到铁罐。他大声读出"主人：麝鼠"这几个字后，足足愣了五分钟。还好汉斯碰巧路过，看到这一幕混乱场景，他索性捡起一根树枝向大家解释讲座的内容。冷杉果努力想要听个明白，可没过两分钟，他们就把树枝的定义忘了个一干二净。

第七章

　　好不容易捱到"关于骨头的重要知识"一课结束，石球连滚带爬地逃离了纸箱。

　　课程结束前，蜂窝煤建议她体验啃骨头的滋味，石球闭紧小嘴巴，藏在《绞刑的真相》一书下面才躲过一劫。好在蜂窝煤没那么坚持——他打盹的频率越来越高，遗忘石球的时间也越来越长。

　　"在掩埋之前，舔舔骨头的味道是很重要的一步……"随着声音越来越小，蜂窝煤的脑袋越垂越低，很快发出沉沉的鼾声。

　　石球仿佛子弹般窜了出去。天色已经暗下来。麝鼠在洞里紧张得坐立不安，将讲稿翻得哗哗响。

小丫仍然孤零零挂在树枝上，不由得产生一种被全世界遗忘的悲凉。

石球依稀听见小丫的求救声，但她只顾着匆忙逃路，很快就把小丫抛在了脑后。蜂窝煤睡得正酣，主人汉斯又是个马大哈，完全指望不上。

小丫的脖子被衣夹捏得生疼，绒布鸭脚涨满了积水，仿佛灌了铅一样重重地往下坠。

树林深处传出一阵尖锐的声响。小丫原本以为哪个冒失鬼摔碎了玻璃花瓶，后来才意识到是恐怖链锤的尖叫。小丫不由得浑身哆嗦起来，他本来就怕黑，现在更是无比怀念汉斯温暖又安全的口袋。

恐怖链锤又发出一阵尖叫。

"救命！救命！"小丫哭喊，"恐怖链锤来抓我啦！"

但没有回应。

直到星期六早上，汉斯才想起小丫——一只在衣夹下晃荡的，半干半湿的忧郁小丫。

"你怎么才来？我好害怕！"小丫抽抽搭搭地说。

"对不起，我忘了……"

"我还是不是你的小丫啊？"

"当然是！可我就是忘了嘛。"
汉斯抱歉地说。

他伸出手，擦去小丫脸颊上的
泪水，然后松开衣夹，将小丫重新
塞回口袋。

蜂窝煤这天睡得特别沉。最
后，汉斯只能抱住纸箱拼命摇晃，
大声提醒他，今天是麝鼠举办讲座的日子，蜂窝煤必
须用最快的速度埋起骨头，把课本舔干净。

最先出现的是冷杉果。他们相互搀扶着，一瘸一
拐地从纸箱学校前嬉闹着经过，结果被蜂窝煤叫住了。

"讲座地点就在这里。"蜂窝煤板起脸。

"讲座……？"

冷杉果一片茫然 。他们只是随便走走，并没听说
过什么讲座。

"行了，都别走了。"蜂窝煤命令道，把他们推搡
着请进纸箱。

第二个出现的是马克。他展示了最新的摩托车空翻特技，优雅地落在纸箱底部。

"怎么样，我的样子酷不酷？"他冲着目瞪口呆的冷杉果们甩甩脑袋，"本来我想弄个朋克发型的，可惜头发太黏，效果不好。"

"我说马克，你现在究竟认得几个字？"蜂窝煤摆出一副老师的姿态。

"瞧你说的……'主人'这两个字我不是认出来了吗？"马克挠挠头。

"今天的重点是'树枝'。'树枝'你认识吗？"蜂窝煤说。

接着进来的是汉斯和小丫。

没等小丫站好，马克就猴急地凑过来，悄悄问：

"那个谁……石球……今天来不来？"

"当然来了！"

"看我的朋克发型！不错吧？"

马克自我陶醉地甩

了甩光秃秃的脑袋。

话音刚落，石球就蹦跶着出现了。她今天特意精心打扮，一只眼睛显得又大又亮。当看见纸箱内的马克时，她羞涩地垂下眼皮。

"嗨……你好吗？"马克主动打招呼。

石球的脸颊泛起两团红晕。

小丫正在遭受剧烈咳嗽的折磨，他必须把自己倒挂在纸箱边才能让嗓子舒服点。

麝鼠戴着毛茸茸的贝雷帽，胳膊下夹着一卷讲稿，姗姗来迟。他显然很紧张，胳膊不住颤抖，讲稿飘得到处都是，他只好弯下腰不停地捡。

纸箱里变得异常拥挤。冷杉果已经在相互寒暄，为他们自以为的冷餐会暖场。

迟到的小松塔气喘吁吁地挤进纸箱，讲座总算可以开始了。

"今天，我们有幸能够聆听关于俄罗斯树枝的知识，"蜂窝煤向大家致辞，"有请主讲人——尊敬的麝鼠先生！"

紧张中，麝鼠又掉了一次讲稿，他慌忙捡起来。

"俄罗斯的树枝……"他用颤抖的嗓音说道。

"大点声!"马克喊起来。

"俄罗斯的树枝都很粗壮,"麝鼠细声细气地说,"和俄罗斯的树枝相比,瑞典的树枝简直和松针一样细。"

松塔饶有兴趣地竖起耳朵,蜂窝煤则托住下巴若有所思。

"在俄罗斯,所有树枝都是红色的。"麝鼠继续往下讲。

"真的吗?"

听众们都来了兴致。

"俄罗斯到处都是树枝。满地都是……每个洞里至少能找到二十根红红的、香香的树枝……"

麝鼠越说越伤感，嗓音也变得越来越颤抖，最后完全被抽泣声所淹没。

小丫迅速朝汉斯瞥了一眼，发现对方也在崩溃的边缘挣扎。

"安静！安静！"蜂窝煤努力维持秩序，向麝鼠投去鼓励的目光，"刚才你说香香的，是怎样的香味？"

讲座的时间已经超出了马克的忍耐极限，他粗暴地插嘴："'树枝'这两个字怎么写啊？笔画多少？偏旁部首是什么？"

这句话深深刺伤了麝鼠，他匆忙整理讲稿掩饰尴尬。

"还有啊，上次在你家洞口吵吵闹闹的老混混是谁？"

"那是……是熊大叔。"麝鼠的声音小到几乎听不见。

小丫又是一阵剧烈咳嗽，一个不当心从纸箱边跌进汉斯的口袋。

蜂窝煤用严肃的目光环视四周。

"我非常好奇，俄罗斯的树枝闻起来究竟什么味道，您能告诉我吗，麝鼠先生？"

"它们闻起来有一种……一种很难形容的味道……像是……像是玫瑰花。"麝鼠一边说，一边用哀怨的目光扫视观众。

讲座已经接近尾声。

纸箱内的观众躁动不安起来。

"我想用一首诗结束今天的演讲。"麝鼠的口吻异常温柔。

蜂窝煤赞赏地直点头。

"这是我昨晚得到的灵感：让我留在你的记忆里，芬芳的俄罗斯红树枝……"

接下来的举动有些夸张：麝鼠掩面而泣，跌跌撞撞地走下讲台，在纸箱正中狠狠跌了一跤。听众中爆发出一阵如释重负的掌声，一团融洽的氛围

中，蜂窝煤向麝鼠赠送了一根漂亮的瑞典树枝作为感谢。

"真是一场精彩绝伦的讲座。"蜂窝煤由衷地称赞道。他很久都没听过这么感人的诗了。

"这是我写过最长的一首诗。"麝鼠不好意思地说，然后满足地往家挪去。

第八章

　　就在蜂窝煤快要彻底忘掉追寻联盟这回事时，熊大叔又一次出现了。当时，蜂窝煤正仰面朝天躺着发呆，熊大叔将手中的留声机重重放在草地上，"咚"一声吓了他一跳。

　　"追寻联盟的老兄，晚上好啊！"

　　"晚上好！"蜂窝煤刚缓过神来，赶忙将熊大叔请进纸箱。

　　熊大叔兴奋地喘着粗气，靠着纸箱壁一屁股坐下来。

　　"来的路上，我……我匆匆忙忙……和一位太太……交了个朋友……"

"是吗？哪位太太？"蜂窝煤饶有兴趣地问。

"一位上了年纪的太太。全身灰蒙蒙的，不对，确切说是深棕色，两道眉毛倒是黑漆漆的……"

"她是不是有根长鼻子？"

"没错，她好像是拖了根长鼻子一样的东西……"

"那肯定是艾伦。"蜂窝煤说。

"虽说上了年纪，可她看上去还挺精神的。"熊大叔补充道。

"这个嘛……"蜂窝煤的语气有些犹豫，"她身上总掉锯末，多少有点邋遢。你没认出她？艾伦啊，我们的老同学嘛！"

"还真是！当时天太黑，她坐的地方又高……在树上窸窸窣窣的……没错，就是艾伦！"

"说到追寻联盟……"熊大叔话锋一转，蜂窝煤不由紧张地打了个哆嗦，"……我又想到一件重要的事。"

熊大叔掏出一张纸，上面写着：终极意义之玩偶哈姆雷特。

"你觉得怎么样？"熊大叔用意味深长的眼光打量

着蜂窝煤。

"我觉得……没话说……当然……好啊。"蜂窝煤有些结巴。学生时代的戏剧课上，他曾经在《玩偶哈姆雷特》中饰演过国王，熊大叔饰演的是国王的鬼魂，而奥菲利亚则由艾伦出演。当时为了阻止艾伦往高处爬，大家可费了不少劲。

"我今天来就是为了和你商量这件事：一晃这么多年过去了，我们应该在纸箱学校重现《玩偶哈姆雷特》的辉煌！"

蜂窝煤觉得这主意不错。不过具体台词他早就忘得一干二净，只记得结局挺悲惨，大大小小的角色在打打杀杀中都死了。

"问题是由谁来演奥菲利亚。"熊大叔的眉头拧成了结，"艾伦年纪大了，身上老掉锯末。其他女的嘛，我又不认识。"

"那只有石球了。"蜂窝煤犹豫地说。

"让石球来演奥菲利亚？亏你想得出！"熊大叔加重了语气，"凡事都讲个规矩，乱来是要出问题的！"他边说边摆弄留声机。

蜂窝煤的脸色有些苍白。

"我们可以出去散散心，顺便去麝鼠家转转，听听他新写的诗……"

熊大叔欣然接受这一建议。

虽然免不了叽叽歪歪，麝鼠好歹算是受过教育的文艺青年。

还没走出多远，他们就撞见了失魂落魄的石球。由于到处都找不到马克，石球急得满头大汗，逢人便说，如果看见马克，一定转告他，石球愿意在任何一个洞里等他。

熊大叔用鄙视的目光扫了一眼石球，"她能演奥菲利亚?！饶了我吧!"

经过麦片铁罐时，蜂窝煤瞥见一个熟悉的身影一闪而过。

"马克?"

"哎。不然是谁呢?"

马克从铁罐后小心地探出脑袋。他关闭了摩托车引擎，因此四周显得格外安静。

"石球没跟着吧?"

"她刚从这儿滚过去，她一直在找你。"

"千万别说我在这儿！"马克小声恳求。无意中发现了别别扭扭杵在一旁的熊大叔。

"喂，你这个老混混跟着凑什么热闹？"

熊大叔不屑地哼了一声："讨厌的橡胶猴子！趁早离我远点儿！"

马克发出一阵放肆的大笑，一脚油门冲进铁罐，哐当一声合上盖子。

蜂窝煤和熊大叔的突然来访，令麝鼠有些受宠若惊。他正坐在海边的石头上休息，显然还没从讲座的疲倦中恢复过来。在相互致意后，熊大叔顺势问起写诗的进展。

麝鼠表示还不错。完成那首关于老鼠的诗后，他已经开始酝酿一首新诗。

麝鼠挺直腰板，扬起前爪伸向空中："啊，我最亲爱的小树……"

"嗯……"熊大叔若有所思地发出感慨。

他暂时就想到这么多。但这些已经足够伤感，因为无论是小树苗，小树枝还是小树林，都属于他的故乡俄罗斯。

故乡的风景仿佛在麝鼠眼前无边无际地铺展开来……

"能生活在故乡的洞里，麝鼠一定觉得很幸福。"熊大叔说。

"我想家了。"麝鼠抽泣着说，"这里又孤单又冷清。从前在俄罗斯，我们四十只麝鼠都是挤在一个洞里的。"

熊大叔抽抽鼻子。

"每只麝鼠都应该有自己的洞。"他强调了一遍原则。"觉得孤单的话，你可以搬去和石球一起住嘛！"

"算了，她浑身冰凉冰凉的，怎么都捂不热。"麝鼠又发出了熟悉的吱吱声。

趁熊大叔摆弄留声机的间隙，蜂窝煤滔滔不绝地介绍起即将在纸箱学校上演的剧目——《玩偶哈姆雷特》。

麝鼠全身的血液都沸腾起来。在俄罗斯的时候，他曾经和三十九个兄弟姐妹一起排演过这出悲剧。最后一幕场景中，三十四只麝鼠同时死去的那一刻，可谓将全剧推向了壮烈而凄美的高潮。

"问题在于奥菲利亚的人选。"熊大叔皱起眉头，"她总不能边走边掉锯末吧，更不可能只有一只眼睛！"

"我可以演奥菲利亚！"麝鼠兴奋地毛遂自荐。

熊大叔的脑子嗡嗡直响。他很难将麝鼠和奥菲利亚的形象联系起来。不过，如果麝鼠摘下那顶毛茸茸的贝雷帽，或许可以试试。

麝鼠拖出那块昂贵的红色毛毡，招呼大家坐在上面。经过商议，大家一致决定由熊大叔执笔撰写剧本——这一任务本应由蜂窝煤负责，但他老眼昏花，总打瞌睡，握笔的前爪抖个不停，实在不合适。

夜色越来越深，临告别前，熊大叔悄悄将蜂窝煤拽到一旁。

"你看，我们拉他加入追寻联盟怎么样？"

"哎……那当然……当然好！"

熊大叔立刻掏出写有追寻联盟纲领的纸张，郑重其事地摆在麝鼠面前。

"亲爱的麝鼠，我们在此高兴地宣布，你已经正式成为'追寻联盟'的成员！"

"啊，谢谢！你是说我们要去追寻漂流的贝雷帽吗？"

"你真幽默，亲爱的老弟。追寻联盟是由我和蜂窝煤成立的兄弟联盟，它的意思是……"

蜂窝煤的心脏剧烈跳动起来，目光紧紧盯住熊大叔微微翕动的鼻翼——难道，他终于要知道答案了吗？

"它的意思是，"熊大叔故意顿了顿，加重语气，"追寻生命的意义。"

蜂窝煤暗暗松了口气。他很清楚自己生命的意义：啃骨头。

"俄罗斯！俄罗斯是我生命的意义！"麝鼠振臂高呼。

熊大叔显然有些失望，他挥了挥手中的纸张。

"亲爱的老弟，这才是我们的纲领：

"初级意义之泰迪熊贝多芬

"中级意义之灾难

"高级意义之疾病。"

麝鼠的表情越来越迷惑。

"终极意义之玩偶哈姆雷特！"熊大叔赶紧打圆

场。麝鼠逐字逐句重读了一遍，然后在最下面一笔一画签下名字：

麝鼠

追寻联盟的三名成员正式确定！

第九章

　　石球满脑子只琢磨一件事：滚向马克，越近越好！她已经一连数夜没有在洞里睡过觉，只是绕着马克的麦片铁罐滚来滚去。

　　一旦马克从铁罐里出来，石球就想方设法地往摩托车后座上滚。这令当惯了单身汉的马克非常抓狂。

　　"马克，马克！是我啊！"石球追在他身后，边滚边叫。

　　马克逃也似的消失在飞扬的尘土中。

　　石球伤心欲绝，跌跌撞撞地滚到沙坑边，向汉斯和小丫倾诉苦恼。

"喂！"她喊。

"我们假装没听见。"汉斯小声嘱咐小丫。

"喂！"石球提高了嗓门。

他们故意将头扭向一边。

但石球没那么容易放弃。她习惯了长时间自言自语，对别人的反应并不在意。

最后，汉斯和小丫再也无法忍受石球的哀鸣。

"别吵别吵，没看见我们正忙着嘛！"汉斯不耐烦地说。

"帮帮忙行吗？我在找马克，我的未婚夫。"

汉斯霍地一声站起来，将一旁的小丫撞了个脚朝天。

"马克大概不好意思见你，耍酷的家伙往往都比较害羞。"

"这我知道，所以我才主动嘛！"石球有些委屈。

石球的心里充满了爱情的酸涩和甜蜜，无论他们怎样嫌弃和驱赶，她还是兀自站在原地絮絮叨叨个不停。

石球说，自己曾经交往过一位软木塞先生。他们在一只空火柴盒里共同生活过很长一段时间。但一次外出散步时，软木塞先生不慎掉进水塘被冲走了，从此再也没回来。

石球为此消沉了很久，她找过很多地方，但始终没找到软木塞先生。

她尝试过交往其他男朋友，但都无疾而终：他们要么被水冲走，要么失足跌进洞里，要么突然消失得无影无踪。

石球越说越伤心，一把鼻涕一把眼泪地念叨着软木塞先生有多帅气，多体贴，自己的爱情经历有多凄惨。

汉斯受够了她的啰嗦，冷不丁一把抓起石球，朝宁静海狠狠扔去。

从麝鼠家回来后，蜂窝煤一连昏睡了三天三夜。纸箱学校也因此沉寂了三天三夜，狗类知识课程的暂停让大家都松了口气。然而第四天一大早，马克突然出现在纸箱学校外，大呼小叫地寻求帮助。

蜂窝煤如往常一样，睡得又香又沉。马克驾驶摩托车连撞三次纸箱，才勉强把他吵醒。

　　"五分钟后开始上课……"蜂窝煤睡眼惺忪地嘟囔道。

　　"我不是来上课的！我有要紧事找你！"

　　"吃完早饭再说吧。"蜂窝煤嘟囔着，打算钻回去睡个回笼觉。

　　但马克不依不饶，生拉硬拽地将蜂窝煤拖出纸箱。

　　"你得帮我埋样东西！"

　　"埋东西……那还不容易！"

　　蜂窝煤显然并没当回事。

　　"你要我埋什么？一根树枝，还是……一只球果？"

"都不是！我要你把石球埋起来！"马克气急败坏地嚷嚷。

"这样啊……这是她自己的要求？"

"见你的大头鬼！这是我的要求！"

蜂窝煤来了兴趣。

"那石球现在在哪儿呢？"

马克凑近了小声说：

"她愿意在任何一个洞里等我。"

这是一个适合掩埋东西的晴朗早晨。大冷杉果和小冷杉果站在林间小路上，手足无措地面面相觑：路中央躺着一只四肢僵硬的中冷杉果，全身的鳞片已经枯萎脱落，只剩下深褐色的一小截内核。

蜂窝煤格外兴奋。没想到刚出门就碰上一只死掉的冷杉果，真是幸运的一天！

他必须挖一只漂亮的洞，隆重而优雅地将冷杉果埋葬起来！

蜂窝煤的身体因激动而微微发抖。他叼起死去的冷杉果，迈着坚定的步伐走向沙坑。另外两只冷杉果

一瘸一拐地跟在后面，马克走在最后，双眼圆睁，表情严肃。

　　沙坑内热闹一片。汉斯在小推车里装满了沙子，艰难地挪进沙坑底部。他拎着小丫的绒布鸭脚，一边抖沙子，一边兴奋地提议：

　　"我们来比赛谁跳得高怎么样？或者看看谁先把自己埋起来？"

　　蜂窝煤用温柔的目光注视着他俩。

　　就在此时，石球以闪电般的速度滚了过来。

　　"啊！马克！我在这儿！"

　　马克装作没看见，拼命转动车轮，扬起一团团沙尘，想让石球知难而退。

"马克！马克！是我啊！"

沙尘令蜂窝煤的嗓子阵阵发痒，他不住地咳嗽，被迫将冷杉果吐在一旁。

"安静！安静！今天大家聚在这里，是为了学习一门很重要的狗类本领：掩埋。我们现在所掩埋的，并不是一样随随便便的东西，而是一位我们共同的朋友——死去的中冷杉果。"

蜂窝煤环视四周，对自己的一番演说很是满意。唯一的遗憾是，马克不停用后轮蹭他的腿，差点让他失去平衡。

"石球！石球！"马克愤怒地提醒。

蜂窝煤回过神来，哎呀，他差点忘了，今天计划要埋的是石球。

"呃……首先需要挖一只坑，我来给大家演示一下。"

蜂窝煤迅速刨出一只大坑，足够装得下几百只石球。

"然后把要埋的东西放进去……在埋葬冷杉果之前，我们先用别的做个示范……就石球吧……"

蜂窝煤叼起一脸自豪的石球，砰的一声砸向坑里。

"真好玩！真好玩！"坑底传来石球兴奋的回声。

在大家看来，这堂课真是既生动又有趣。围观的

冷杉果跃跃欲试，恨不得自己成为葬礼的主角。

蜂窝煤重新叼起中冷杉果抛向坑底，然后用哀悼的姿势将挖出的沙子填回坑内。在大家热烈的掌声中，隐约夹杂了石球越发沉闷和空洞的笑声。

"好了，今天的课程到此结束。"蜂窝煤宣布。

马克长呼一口气。

"那石球呢？"汉斯小心地问。

"石球还得在沙子里埋上一阵子。她需要休息。"

蜂窝煤说。

大家纷纷表示赞同。要说有谁需要休息的话，肯

定非石球莫属！两只冷杉果甚至好心地建议，是不是多盖些沙子，彻底淹没她歇斯底里的骇笑？

或许是掩埋石球的吸引力太大，这个建议立刻获得全体的响应。大家争先恐后地往填平的沙坑上加盖沙子。

最后，除了偶尔几声模糊的叫唤，沙坑里彻底安静下来。马克开始尝试新的赛道，汉斯和小丫继续商量玩哪种游戏，而在漫长辛劳的工作后，蜂窝煤打算回纸箱好好睡上一觉。

"据我所知，石球被埋在下面还挺舒服的。"蜂窝

煤总结道。

四周响起一片附和的掌声。

"就让她这么埋着吧!"汉斯提议,"永远不挖出来!"

马克和小丫鼓掌鼓得更起劲了。

天色开始暗下来,汉斯将冷杉果堆在小推车里,送回球果牧场。然后找了些干草围成一圈,确定他们无法行动自如后才放心离开。

第十章

对于中冷杉果的离去，大冷杉果和小冷杉果并没有表示出太多悲伤。他们的确觉得身边似乎缺了点什么，但无论如何都想不出缺的到底是什么。

自从上次冲突之后，冷杉果就很少见到松塔。他们不知道的是，松塔换了一双修长漂亮的腿，从此进入球果界的上流社会。他可以轻松跃过牧场的栅栏和清浅的小溪，再也不是从前那只备受欺凌的小松塔了。

妥善掩埋完石球的当晚，马克终于可以在麦片铁罐里安然入睡。然而次日一早，还没等太阳从艾伦的松树后升起来，马克就被一阵尖叫声吵醒过来。

"恐怖链锤来了！救命！救命！"

小丫站在外面，将铁罐盖拍得砰砰响。

"冷静点，慢慢说。"马克在半睡半醒中挪出铁罐，嘟囔了一句。

"我听见……纸箱学校外面有……有恐怖链锤的声音……声音好可怕…… 能不能让我在你这儿躲一躲？"

马克费了好大劲，才勉强睁开一只眼睛。

"你的主人呢？"

"我不知道，他不见了，就连肥皂盒都不见了。"小丫抽抽搭搭哭了起来，像抓住救命稻草一样紧紧抱住马克的摩托车。

"先别着急，我跟你去看看。"马克安慰道，同时发动引擎。"我暂时只能睁开一只眼，你能看着点路吗？"

马克飞快地向纸箱学校驶去，小丫坐在后座上，全程紧闭双眼。快要到达时，马克熄灭了引擎，将摩托车停在一块石头后面。

纸箱的盖子掉在一边，很显然蜂窝煤是匆忙离开

的。马克和小丫躲在石头后面，屏住呼吸，倾听不远
处的动静。

　　起初什么也没有。之后，突然传来轻微的咔咔声
和奇怪的呜呜声。

　　片刻的安静后，又是一阵轻微的咔咔声，随即变
成奇怪的呜呜声，接着又是轻微的咔咔声。

　　胆小的小丫浑身不停地颤抖，脸色苍白得像一张
蜡纸。

　　但是马克并没有被吓到。他害怕的是火山——橡
胶一遇到火就会融化成黏糊糊的一团，他和他的摩托
车可就再也变不回去了。

　　确定只是咔咔声和呜呜声后，马克放心地靠近了些。

100

咔咔……呜呜……呜呜……咔咔……

现在他完全可以肯定，恐怖链锤——如果那真是恐怖链锤的话——就躲在纸箱旁的灌木丛中！

但坐在灌木丛里的不是什么恐怖链锤，而是满嘴塞着树枝的蜂窝煤。

马克的脸拉得老长。

"你在这儿捣鼓些什么呢？"

蜂窝煤很难张口回话。

在多次努力失败后，他悻悻地吐出嘴里的树枝，答道："我在备课。"

"什么课需要这么备啊？"

事实是，蜂窝煤想出一种新的狗类本领，打算在纸箱学校开设一门新课：

叼着（多根）树枝吠叫。

就算对于吠叫多年的蜂窝煤来说，这也不是件容易的事。到目前为止，他发出的声音更接近"呜呜"而不是"汪汪"。

小丫心里的一块大石头总算是落了地，他腿一软靠在纸箱上。

这时，汉斯驾着小推车匆忙赶到。

"你上哪儿去了？"小丫埋怨道。

"我就出去兜了一圈！"

"不许丢下我出去兜圈！我害怕！"小丫又要哭了。

"蜂窝煤这么呜呜一叫，小丫还以为是恐怖链锤呢！"马克解释道。

说话间，蜂窝煤已经将树枝拖回纸箱，有滋有味地舔起来。

起床后折腾了这么久，蜂窝煤觉得眼皮越来越沉。要不是有《中国的内政》这本书靠着，他早就一头趴下了。

"说起来，'树枝'这两个字到底怎么写？你还打算不打算教我？"

蜂窝煤强打精神，在头脑里组织语言：

"'树'和'枝'都是木字旁，"他含混不清地嘟囔道，"'树'的右半边是对错的'对'……'枝'的右半边是……是'支'……支支吾吾的'支'……支支吾吾……"

树枝

蜂窝煤抬起前爪在空中比画了两下，实在支撑不住，直挺挺地躺倒在地，很快便打起了呼噜。

汉斯突然觉得有些无聊。

"要不，我们去找石球玩玩？"

"好主意！不过不能把她挖出来，只能隔着沙子逗逗她。"马克说。

说走就走。他们决定去沙坑瞧瞧，石球是怎么打发时间的。

沙坑内静悄悄的。他们将耳朵贴在地上，匍匐搜寻了好几圈也没找到线索。最后，他们只好分头喊叫起来："喂！石球！你在哪儿？石球！"

沙坑内依然没有回音。马克只好发动引擎，驾驶摩托车在赛道上来回冲刺，制造出轰鸣的噪声。

过了好久，他们才听见沙子里传出石球熟悉的骇笑声。他们不约而同地捂住耳朵，慌忙逃离沙坑。

"世界上到底有没有恐怖链锤啊？"小丫从汉斯口袋里探出一张扁扁的嘴巴，小声问。

"那还用说，当然有！要是什么都不怕，这日子过得还有什么劲？！"汉斯答道。

104

第十一章

在熊大叔就追寻联盟一事登门拜访之后，麝鼠的心情经历了过山车一样的起伏：起初有些忐忑，有些兴奋，后来便陷入深深的抑郁，一连数天一动不动地躺在红色毛毡上。

这种静默无限扩大，要不是松塔无意中闯进洞来，麝鼠恐怕早晚会变成一枚化石。

"早晨好，麝鼠！"松塔刚打了声招呼，察觉到洞内气氛有些异样，就没往下说。

麝鼠沉重地叹了口气，用忧郁而空洞的目光直视天花板。

"我今天去游泳了。"松塔试探着说。

"哦。"

"你说我倒不倒霉？先是栽进水里，然后又掉你这儿来了。"

"这样啊。"

麝鼠坐了起来。不管怎么说，因为这零星声音，洞里总算有了点温馨气氛。

"我还和一只软木塞游了一段……"

"哦。软木塞……什么样的软木塞？"

"一只怪怪的软木塞，额头上还绑了根钢丝。"

麝鼠心里咯噔一声。

"看样子像是只香槟酒瓶塞，大概是俄罗斯来的。"

麝鼠不由浑身一颤。

"那只软木塞……往哪儿漂了？"

这问题真不好回答。一开始，松塔和软木塞是在一起的，松塔保持仰泳姿势，软木塞则脑袋冲下，浮浮沉沉晃悠个不停。后来，松塔冒冒失失地掉进麝鼠的洞里，软木塞也消失得无影无踪了。

"那只软木塞说俄语吗？"麝鼠问。

松塔答不上来——软木塞一直把脑袋闷在水里，根本开不了口。

"松塔松塔，能不能麻烦你，带我去看看软木塞往哪里漂了，好吗？"

松塔欣然答应。他们一前一后挤出洞口，沿着黑海蜿蜓的海岸线往前走。

这儿，这儿，还有那儿，软木塞都浮浮沉沉地出现过，再然后就不见了。

沙滩那头传来窸窸窣窣的声响，只见蜂窝煤和熊大叔手挽手向这里走来，麝鼠原本阴郁的心情也开朗了不少。熊大叔将剧本收在留声机盒子里，和蜂窝煤边走边聊《玩偶哈姆雷特》的排练计划。

正当麝鼠喜出望外的时候，松塔打算趁大家不注意，从草丛里悄悄溜走。

但眼尖的熊大叔叫住了他。

"等一下！说你呢！我们见过吗？"

"呃……我不知道……"

"那你告诉我，球果类的脑子好使吗？"

这唐突的问题令松塔有些不知所措。

"就你们这种智商，怎么可能和伟大的球果爱因斯坦扯上关系嘛！"

可怜的松塔越来越尴尬。

蜂窝煤赶紧过来打圆场。

"松塔在纸箱学校上过一个小时的课。上次麝鼠关于俄罗斯树枝的讲座，松塔也听完全场了呢。"

熊大叔这才挤出一丝宽厚的笑容。

"这位松塔小兄弟，你在纸箱学校都学了些什么？"

松塔沉思半晌，然后一字一顿地回答：

"狗需要很多很多的骨头。"

"说得太好了！"蜂窝煤赞赏道，"准确！精辟！"

熊大叔不情愿地表示出钦佩，随即换了个话题：

"那你对音乐感兴趣吗？"

熊大叔边问边打开留声机盒子，见此情形，蜂窝煤和麝鼠暗暗叫苦不迭。不过，还没等他放好泰迪熊贝多芬的唱盘，一只小东西突然尖叫着蹦了出来，啪嗒一声落在地上。

"软木塞！"松塔失声叫起来。

"没错，"熊大叔嘟囔着，"而且是一只漂亮的软木塞——香槟酒瓶塞！我才从沙滩上捡的。"

麝鼠刚想要凑过去看个清楚，软木塞便敏捷地往旁边一闪。他一边跳一边翻跟头，有时脑袋冲下，有时肚皮冲下，肺里鼓足了气大声嚷嚷：

"我是软木塞之王！我是软木塞之王！"

"软木塞就是软木塞，"蜂窝煤小声嘀咕，"蹦跶得再高也还是软木塞。"

熊大叔已经对软木塞失去耐心，甚至有点后悔把他捡起来。现在可好，泰迪熊贝多芬放不成了，《玩偶哈姆雷特》也没法讨论了！

"随他去吧！"熊大叔来了一句。

"可以把他给我吗？"麝鼠怯怯地问。

"当然可以，"熊大叔答应得很爽快，"我只是有点意外。我还以为你喜欢安静呢……"

麝鼠优雅地纵身一跳，将活蹦乱跳的软木塞牢牢衔在嘴里，头也不回地窜回洞里。

不知道什么时候，松塔已经消失得无影无踪，只

剩下蜂窝煤和熊大叔两个站在原地。

"他逃跑的速度可比写诗的速度快多了。"熊大叔望着麝鼠的背影，意味深长地总结。

第十二章

尽管蜂窝煤的年纪比大伙儿都大，破破烂烂的程度也最糟，但他过生日的次数却比谁都少。和他相比，汉斯过生日的次数多到连自己都数不过来。小丫、艾伦、马克和麝鼠的情况差不多，都庆祝过两三次生日。

现在，汉斯又在琢磨过生日的事。以前的生日礼物都玩坏了，他迫切地想要新的，当然，为了避免嫉妒，他也得帮小丫讨要新礼物。如果明天气候适宜，大家也捧场的话，他们就可以顺顺利利过生日啦！

汉斯和小丫跳进小推车，开始挨家挨户邀请客人。

小推车吱吱呀呀停在纸箱学校外时，蜂窝煤正低头嗅来嗅去，整理上课要用的树枝。

"热烈欢迎！"蜂窝煤掀起纸箱盖，"休息一下，今天的课程马上开始！"

小丫立刻摆出一副苦瓜脸，但他不敢违抗蜂窝煤的意思，只好乖乖走了进去。

"你可以先去车里等着。"蜂窝煤对汉斯说。

"我们明天过生日!"汉斯嘟着嘴。

"这不可能!"蜂窝煤异常坚定地一口否决,啪一声合上盖子。

小丫在纸箱里衔着树枝练习吠叫的同时,汉斯正在麦片铁罐外,向马克抱怨自己的不满。

"小丫和我打算明天过生日,可蜂窝煤死活不愿意。"

"你让老爷子自己过一次生日不就行了!"马克从铁罐内朝外嚷嚷。

汉斯突然愣住了。他怎么从来没想到过呢?蜂窝煤已经很老了,还一次生日都没庆祝过!要说明天有谁应该过生日的话,肯定非蜂窝煤莫属。他应该享受一个属于自己的生日——拥有一场真正的生日宴会,收获好多好多真正的生日礼物!

就这么定了!明天就是蜂窝煤的生日,太阳升上艾伦松树的顶端时，生日宴会正式开始，大家必须带着礼物准时出席——石球例外（她还埋在沙子里呢）。麝鼠也不太好请，自打他把那只疯疯癫癫的软木塞带回家，洞里就一直没消停过。

马克、冷杉果和小丫答应得很干脆。就连熊大叔都没推辞——前提是讨厌的橡胶猴子必须做到彬彬有礼，其他客人的举止也不能太过粗鲁。

夜深了，已经是休息的时间。大家以各自的方式陆续进入梦乡，只有香槟酒瓶塞还在不知疲倦地翻着跟头，嚷嚷着要吃上等鹅肝和俄罗斯鱼子酱！

天刚蒙蒙亮，蜂窝煤就醒了。伴随着迷迷糊糊的倦意，他用爪子在纸箱壁上挠来挠去，迫切地想要挖出点什么……随便什么都行……一根骨头……一只罐子……一只球果……

当"球果"这个词在脑海浮现时，蜂窝煤顿时清醒过来。他想起不久前埋葬的冷杉果，仿佛致命的诱惑般吸引着他回到沙坑，开始新一轮的挖掘……

到目前为止，蜂窝煤依然对即将到来的生日浑然不觉，他满脑子都在惦记那只深藏于沙坑中的冷杉

果。然而，在硕大的沙坑中寻找一只枯萎的球果绝对是个大工程。蜂窝煤使出浑身解数拼命刨沙，挖了一个又一个沙坑，翻出各种各样的小玩意：瓶盖、骨头、花生、石头……可是连冷杉果的影子都没见到。

突然，他的鼻子触到了一块凉凉硬硬的东西，熟悉的骇笑仿佛锋利的刀子般划破寂静——是石球！蜂窝煤低头叼起来，放在沙坑边的草地上。

一出沙坑，石球立刻来来回回滚个不停，过了好一会儿才安静下来，喘着粗气躺在地上，用责备的目光打量着蜂窝煤。

"我可不想被埋这么久，"她说，"这可不利于我和我未婚夫培养感情！"

蜂窝煤有些尴尬。他实在记不清当初掩埋的原因：石球究竟是出于自愿呢，还是被迫接受的？

"别着急，石球。回纸箱学校后，我一定给你颁发一枚星星奖章。"蜂窝煤安慰完石球，爬出沙坑，把翻出来的东西——瓶盖、骨头、花生、石头——仔仔细细嗅了一遍，这才和石球一起穿过树林往外走。

他们在宁静的海边停下来，石球反复漱口，试图把嘴里的沙子清洗干净。蜂窝煤垂下脑袋，俯视镜子一般的水面：眼前浮现出一只衰老邋遢的长毛绒狗，

全身满是黑色斑点和破烂裂缝，耷拉的眼皮下是一双无神的眼睛，正在用空洞的目光打量着自己。世界上怎么会有这么凄惨潦倒的狗？蜂窝煤不由得泛起一丝怜悯。

过了好一会儿，蜂窝煤才意识到，浮现在水面的正是自己的倒影。天哪！我的模样怎么变得这么老？我的青春……仿佛就在昨天，我还是那么英俊潇洒……大家都还年轻，而我已经……

他悲哀地俯视自己苍老的倒影，毛絮从裂缝中掉落出来，轻盈地落在水面上，越漂越远。

石球的情绪在接近马克家时变得分外高涨。她用尽全身力气又蹦又跳，渴望吸引马克的注意。但麦片铁罐里静悄悄的，马克显然不在家。失望之余，石球只好跟着蜂窝煤返回纸箱学校。

走着走着，两只冷杉果冷不丁冒了出来。他们依稀记得有谁叮嘱过，要去一个地方，可具体是哪儿已经全忘了，索性和蜂窝煤石球一起结伴前行。

来到纸箱学校门口，两只冷杉果脚下一滑，撞了个满怀。石球如愿以偿，骄傲地将星星奖章别在肚皮上。

太阳一点一点爬上天空，最后稳稳悬在艾伦松树的正上方。生日宴会正式开始！

客人们从四面八方蜂拥而至：汉斯将小丫揣在口袋里；马克做了个酷酷的造型，后座上载着打扮一新的松塔；麝鼠拽着软木塞；熊大叔搀扶着艾伦。

"生日快乐！"大家齐声高呼。

蜂窝煤不敢相信自己的耳朵。

"谁过生日？"

"你啊！"

"我？！我过生日？我的第一个生日？"

汉斯用力点点头。

"我过多少岁生日？"

这可把大家问住了。鉴于熊大叔连夜完成了一篇八十大寿的贺词，大家决定把今天当作蜂窝煤的八十岁生日。

"八十岁生日快乐！"一直躲在纸箱阴影下的石球突然跳出来，大喊大叫。

马克的脸色霎时变得惨白。石球突如其来的出现，着实让大家吓了一跳。

"怎么回事？石球被挖出来了？"

答案明摆在那里：石球神采奕奕地躺在草丛间，肚皮上别着星星奖章，一只眼睛深情地望着马克。

送礼物的时间到了。

马克掏出一只类似汽水瓶盖的小玩意，解释说，这是为蜂窝煤量身定做的冲锋手套。

松塔准备了一根小骨头，特意用蒲公英叶包裹得漂漂亮亮。

"狗需要很多很多的骨头。"松塔说完，优雅地鞠了一躬。

蜂窝煤激动得连声道谢。

小丫摸出一枚黄色纽扣；麝鼠拿出珍藏许久的肉豆蔻——这可是他藏在贝雷帽里，远渡重洋从俄罗斯

119

运来的；熊大叔掏出一本脏兮兮的书《泰迪熊但丁诗集》——里面的文字密密麻麻，只适合蜂窝煤这样的知识分子阅读。

最后轮到汉斯，他的礼物是一只用彩带层层缠裹的真正"礼包"。蜂窝煤费了好大劲才拆开……里面是一件破破烂烂的毛衣，乍一看和蜂窝煤还真有点像。

蜂窝煤高兴极了。一到冬天，纸箱就冻得和冰窖一样，他一直渴望拥有一件保暖又复古的毛衣。

香槟酒瓶塞一直躲在麝鼠身后不吭声，眼见熊大叔即将发表生日致辞，他砰一声蹦了出来。

"吻我的脚！"他命令道。

"得了吧，你哪有脚啊？"马克讽刺道。

石球的眼里燃起希望的火焰：一只软木塞！而且是一只帅气的软木塞！她无法压抑内心的激动，直通通扑了上去。

软木塞发出一声哀嚎，顺着斜坡滚了下去，石球的骇笑声紧追其后，越来越远。

马克刚想松了口气，扭头一看，不由暗暗叫苦：熊大叔清了清嗓子，从留声机盒子里掏出讲稿，一副摩拳擦掌的姿态。

"亲爱的弟兄们，同学们，大家好！"

最后几个字完全淹没在汉斯和小丫歇斯底里的笑声中。

"在过去八十年的岁月里，我们携手并肩，互帮互助。我们曾共同聆听泰迪熊贝多芬美妙的乐章，也曾彻夜不眠，探讨生命的意义……"

在被马克的嘲笑硬生生打断后，熊大叔顿了顿，

接着说：

"经过这些年的起伏波折……"

冷杉果们完全听不懂他说的话，集体意兴阑珊地退场了。

熊大叔停下来，不满地环视四周。蜂窝煤拿出巨大的耐心和毅力等待后续致辞。他其实早已筋疲力尽，要不是靠两条前腿搭在纸箱外面，肯定会一头倒地昏睡不起了。

观众席中，只有文艺青年麝鼠报以理解的微笑。受到这微笑的鼓舞，熊大叔继续自己的演说。关于生命的意义，他越来越频繁地提到灾难、疾病、痛苦和折磨，整个会场的气氛于是变得越来越低落。

作为寿星公，蜂窝煤觉得有义务对生日贺词进行补充。他打起精神，回忆起一只软木塞的悲惨身世：失足从松树上摔落在地，好不容易养好伤，想要周游世界时，却被蜂窝煤的祖父叼回窝里，充作孙子们的磨牙玩具。

"亲爱的老兄，你说得太好了！由此，我们不禁要发出这样的呐喊：追寻生命的意义！"

熊大叔以一个有力的感叹句结束了致辞，骄傲地望向大家。

蜂窝煤不好意思地低下头去，麝鼠在一旁激动地捧场：

"终极意义之玩偶哈姆雷特！"

"什么乱七八糟的？"马克一边嘀咕，一边琢磨着找机会偷偷开溜。

"这是我们的兄弟联盟纲领，一个兄弟联盟。"熊大叔傲慢地说。

"纲领是什么玩意儿？"

"哼，没文化的橡胶猴子，和你说了也不懂！"

"随便！我还不想懂呢！"马克气哼哼地说完，一脚油门开远了。

熊大叔顾不上生气，蹲下身子摆弄起留声机。趁着生日宴会还没结束，他要赶紧欣赏一首泰迪熊贝多芬。但大家早已疲惫不堪：艾伦一直在打盹，蜂窝煤快要从纸箱壁上滑下去，小丫在汉斯口袋里发出均匀的鼾声，麝鼠托着腮，打起瞌睡，毛茸茸的贝雷帽快要垂到地上。

泰迪熊贝多芬响起的一瞬间，蜂窝煤再也支撑不住，滑进纸箱酣然大睡。

　　伴随着唱盘的一圈圈旋转，星星一颗接一颗点亮了夜空。熊大叔靠着留声机，嘴角泛起满足的微笑，逐渐进入梦乡。

第十三章

香槟酒瓶塞的到来令麝鼠原本冷清的洞恢复了些许生气。尽管流离失所，背井离乡，软木塞始终在叫嚣着向伟大的俄罗斯致敬，颇有旧日皇室风范。然而好景不长，蜂窝煤的生日宴会上，软木塞跟着石球一路滚远后，从此消失得无影无踪。于是麝鼠又一次陷入了深深的忧郁。他的笔记本已经好多天没翻开过，第四页上写着一行小字：

"俄罗斯的天鹅啊，翅膀轻微地颤抖……"

"抖"的最后一笔拖得很长，下面布满了干涸的泪痕。

老实说，软木塞的脑筋不算特别灵光，偶尔还有些疯疯癫癫的。但他活泼好动，气味芬芳，体温不凉不热正合适，倒也是个不错的伴侣。

洞里静悄悄的，麝鼠蜷缩在红色毛毡上，眼前不断出现俄罗斯天鹅的幻影，他怀念天鹅优雅的姿态，微微颤动的翅膀……他沉浸在哀婉的思愁中，丝毫没有察觉到洞口外熊大叔迫近的脚步声。蜂窝煤早已等在原地，和他一起的还有间歇性无家可归的小丫。

今天是约定好的日子，熊大叔拉上蜂窝煤一起，要和麝鼠讨论《玩偶哈姆雷特》里的角色分配问题。

"快出来，麝鼠！"熊大叔冲洞里喊。

麝鼠探出毛茸茸的鼻子。

"亲爱的老弟，快把毛毡拿出来，我们好坐嘛！"

熊大叔心情很好，根本没有注意到麝鼠红肿的眼睛以及小丫孤单的神情。他一心惦记着《玩偶哈姆雷特》的排练，赶紧从留声机盒子里掏出剧本，摊在毛毡上。熊大叔的版本大致是这样的：

第一幕的气氛有些凝重，因此熊大叔直接跳了过去。于是，玩偶哈姆雷特就这样突然冲出来：

寒风刺骨，好冷！

玩偶哈姆雷特之友：什么？

玩偶哈姆雷特：我疯了！

国王的鬼魂出现在舞台上，游荡了一圈。

奥菲利亚坐在一旁静静缝纫。

玩偶哈姆雷特：去修道院吧，奥菲利亚！

鬼魂又在舞台上游荡：疯了！疯了！你们都疯了！

玩偶哈姆雷特又冲回来，一脸凝重：生存还是毁灭，这是一个问题。

玩偶哈姆雷特失手刺死奥菲利亚的父亲：你是谁？哪儿来的老鼠？

奥菲利亚的父亲：啊！我死了！

奥菲利亚坐在房间里缝纫，玩偶哈姆雷特衣冠不整地冲进来。

玩偶哈姆雷特：你美丽吗？

奥菲利亚：什么意思？

玩偶哈姆雷特：我说了，去修道院吧！

奥菲利亚失足跌下堤坝，溺水而死。

由于觉得啰嗦，熊大叔跳过了中间一大段内容。

王后喝下毒酒，身亡。

玩偶哈姆雷特：晚安，我的母亲！

玩偶哈姆雷特杀死了国王。

剧中人物一个接一个死去。

玩偶哈姆雷特的生命也行将结束。

玩偶哈姆雷特之友：晚安，高贵的王子。

玩偶哈姆雷特：晚安，晚安。

剧终

说完"剧终"两个字后，熊大叔抬起头，用害羞而憧憬的目光打量大家。

剧本得到了一致好评。尤其是蜂窝煤，虽然台词太过深奥晦涩，他一个字也没听懂，但还是努力装出一副赞许的表情。

麝鼠有些疑惑，但什么都没说。这么短的《玩偶哈姆雷特》，他还是第一次见到。从前在俄罗斯的时候，他们要花一整天的工夫才能演完，主要角色陆续死去时，往往已经是半夜了。

"现在的问题是，由谁扮演玩偶哈姆雷特。"熊大叔说。

蜂窝煤紧锁眉头，陷入沉思。

"玩偶哈姆雷特是一个关键角色，很不好把握啊……"

"没错，需要深刻理解剧本才行。"熊大叔点点头。

"我的年龄有点大了……"蜂窝煤的口吻颇为遗憾，"形象也不够好……身上还会时不时掉东西……"

"确实，"熊大叔同样表示惋惜，"我倒是不介意出演，只是我的秃头有点不合适……我强烈推荐麝鼠老弟！"

麝鼠感到很震惊。

"什么?！我还以为……我要演的是……是奥菲利亚呢……"他结结巴巴地说。

"麝鼠会是一个

出色的玩偶哈姆雷特！"熊大叔鼓励道。

蜂窝煤连连点头称是。

熊大叔考虑饰演玩偶国王的鬼魂，毕竟自己有过这方面经验。至于蜂窝煤，最合适的角色莫过于奥菲利亚的父亲。反正他一出场就死了，而且只有一句台词：啊，我死了！

蜂窝煤有些迟疑。一来他从来没有死过，二来他担心被刺杀的时候，身上毛絮会哗啦啦掉一地。不过再怎么说，也比让他出演奥菲利亚强。

奥菲利亚——对了，谁演奥菲利亚还是个大问题。艾伦肯定不在考虑之列，她最近总沉浸在童年回忆里，一直嚷嚷要见橡果。

"你看马克合不合适……"蜂窝煤小心翼翼地问。

"那只橡胶猴子？演奥菲利亚？门都没有！"熊大叔激动地嚷嚷。

"要不让小丫试试……"麝鼠打起精神，稍稍恢复了些生气。

熊大叔没有搭腔。他无论如何都不能想象一只针织鸭子奥菲利亚。小丫自己也觉得奥菲利亚的台

词"什么意思"实在太拗口，再说，奥菲利亚是溺水而死的，他可不想再被悬挂晾干。汉斯神出鬼没，同样不是适合人选。石球的攻击性太强，冷杉果脑子太笨，松塔的情绪又太不稳定。

"软木塞！"麝鼠脱口而出。

四周顿时安静下来。一只软木塞饰演奥菲利亚，这可是全新的尝试。

"也不是不行，就是他偶尔嚷嚷得太大声。"熊大叔提出了自己的疑虑。

"只要麝鼠肯调教调教他就行。"蜂窝煤说，"从另一个方面说，他倒是能本色出演奥菲利亚疯掉的部分。"

"疯掉之前，他必须保持冷静。"熊大叔说。

能不能演好奥菲利亚或许不是大问题，当务之急是找到软木塞在哪儿。

排练时间就定在下周，地点在纸箱学校。熊大叔再三叮嘱，才放心地目送大家四散回家。

第十四章

　　熊大叔所谓的兄弟联盟是马克听过最可笑的事情，他决定自己成立一个联盟，不许他们加入！他才看不上什么兄弟联盟，他要成立一个冲锋联盟——对！马克的冲锋联盟！

　　想法是不错，可马克挠头的是，自己不会写"冲锋联盟"的"锋"字。他以最快的速度冲向纸箱学校，打算找蜂窝煤问个明白。

　　蜂窝煤正和麝鼠一起，将《中国的内政》一书垫在草地上，拿着一摞小纸片涂涂写写。

　　"你们在忙什么？写信吗？"

　　"我们在写感谢卡，麝鼠是特意过来帮忙的。"

"这么写怎么样：致以诚挚的吠叫。或者，此致，摇尾巴？"麝鼠建议道。

"这张是给谁的？"

"给熊大叔的。"

蜂窝煤沉思了好久。

"这么写吧：最亲爱的兄弟！谢谢！追寻联盟的盟友。"

"我说，你来的目的是学习怎么叼着树枝吠叫吧？"蜂窝煤扭头看了马克一眼。

"谁要叼着树枝汪汪叫啊？"马克有些不高兴，"我是来问你'冲锋'的'锋'字是怎么写的。"

蜂窝煤有些失望。他倒是不介意在百忙中抽出时间，向大家普及些狗类知识，但和狗类知识无关的内容，他就有些力不从心了。

蜂窝煤将下巴靠在《中国的内政》上，苦苦思考起来：不是"蜂窝煤"的"蜂"，不是"山峰"的"峰"，不是"裂缝"的"缝"，不是"发疯"的"疯"，也不是"枫叶"的"枫"。到底在哪儿见过"冲锋"的"锋"呢？

在蜂窝煤思考的同时，麝鼠反复翻看着卡片。

"该给小丫写点什么呢?"

蜂窝煤勉强抬起脑袋。

"就写:多谢你的纽扣!致以诚挚的吠叫。"

麝鼠一笔一画地写完,细心地在四周画上花边。

蜂窝煤仍然冥思苦想"锋"字的出处:不是"刮风"

的"风",更不是"丰收"的"丰"……

马克在一旁耐心等着,麝鼠继续写卡片。

"你说,给马克的感谢卡上写什么?"

蜂窝煤又抬了抬脑袋。

"就写:谢谢你送的帽子!致以汪汪的问候。"

"帽子!"马克叫起来,"那不是帽子!那是一只

冲锋手套!擦掉重写!"

麝鼠赶紧擦掉重写,但马克还是不满意。

"汪汪的问候？为什么给小丫诚挚的吠叫，就给我汪汪的问候？"

麝鼠只好又擦掉重写，一直改到马克满意为止。

"说起来，'前锋'的'锋'倒是和这个一样……"蜂窝煤喃喃自语。

麝鼠的心里咯噔一下，前锋！

在俄罗斯的时候，他在麝鼠足球队里踢的位置就是前锋！

麝鼠忍不住放声大哭。

"前锋！"

他怀念俄罗斯，怀念和兄弟们一起踢球的日子，怀念家庭成员挤在一起的温馨……

"开路先锋！"蜂窝煤突然说了一句。

"什么开路先锋？"马克一脸茫然。

"话说当年，大家都管我叫开路先锋。'冲锋'的'锋'就是'开路先锋'的'锋'！"

"别解释那么多，快告诉我怎么写！"马克嚷嚷。

蜂窝煤爬进纸箱，挑出大大小小一堆树枝，在《中国的内政》封面上拼出一个"锋"字。

"这就是'锋'!"

"真复杂!这么多笔画,看得我眼花缭乱的。"马克嘟囔道。

得到了想要的答案,马克开开心心地回到麦片铁罐里。他可是冲锋联盟的第一位成员!

第十五章

对软木塞的寻找还在一天天继续，但始终杳无音信。

某天深夜，马克曾隐约听见石球的骇笑声，但只持续了十几秒就消失了。

由于各有各的事，大家只能抽空多加留意软木塞的去向。蜂窝煤通常在早饭后一边溜达一边四处张望；小丫往往在无家可归时才想起这件事；熊大叔就更指望不上了——饰演玩偶国王鬼魂一角给他很大压力，他一直忙着揣摩人物性格特征。

软木塞的走失令麝鼠格外伤感。绝大多数时间里，他都躺在红色毛毡上，将剧本拿在面前反复练习台词：

我疯了！

你是谁？哪儿来的老鼠？

晚安！晚安！

在此期间，石球和软木塞始终在来来回回地滚上滚下。

有时石球滚在前面，挡住了软木塞的路。软木塞于是火冒三丈，扯开嗓门大叫大嚷：

"快给软木塞之王让路！"或是"快给我找只空酒瓶！"

不过软木塞的所作所为并未影响石球对他的看法。石球对外表的注重远多于内心，软木塞的帅气足以掩盖他所有的缺点。况且软木塞速度又快，石球必须全神贯注地不停打滚，才能与软木塞寸步不离。

"我们什么时候订婚？"石球冲软木塞喊。

软木塞不屑地哼了一声，砰地跳进海里。石球沿着海岸线滚来滚去，生怕一个疏忽把软木塞跟丢了。

时间一天天过去，石球和软木塞就这样不休不眠地来回翻滚。由于缺乏方向感，大多数时候他们都在原地兜圈子。

如此持续了七天七夜，石球和软木塞精疲力竭，头晕眼花，不得不双双停在纸箱学校外。

蜂窝煤假意邀请他们进屋休息。石球衔住软木塞，慢慢滚了进去。说时迟那时快，蜂窝煤一个箭步冲了上去，牢牢扣住纸箱盖，接着迅速赶往麝鼠家通报喜讯。

距离洞口还有一段距离，蜂窝煤就听见抑扬顿挫的嗓音：

"寒风刺骨，好冷！"

"我疯了！"

蜂窝煤将耳朵凑近洞口。

"你是谁？哪儿来的老鼠？"

"去修女院吧，奥菲利亚！"

蜂窝煤不得不打断他。

"修女院？麝鼠老弟，应该是修道院！"

麝鼠从洞口探出毛茸茸的鼻子。

"在俄罗斯，我们都说修女院……"

"在这里，我们说修道院。"

"可是我说惯了修女院嘛……"麝鼠伤感地小声说道。

"关于说法的问题，我们还是去和熊大叔研究吧。"蜂窝煤不打算争执下去。

小丫也在里面。他披着红色毛毡，舒服地蜷缩成一团。麝鼠正把他当作奥菲利亚对台词呢。

蜂窝煤这才想起自己来的目的。

"告诉你们一个好消息，我把石球和软木塞关在纸箱里啦！"

麝鼠眼前一亮。

"不知道麝鼠肯不

肯和我走一趟……把软木塞调教得稍微温顺点，这
样……他可以胜任《玩偶哈姆雷特》里的角色……"

麝鼠巴不得呢。

小丫窝在毛毡里懒得动弹，麝鼠跟着蜂窝煤一路
小跑赶过去。还有好一段距离，他们就听见纸箱里发
出的撞击声和尖叫声。

"快给软木塞之王让路！快！"软木塞大吼。

麝鼠悄然无息地钻了进去，看准软木塞一口咬
住。软木塞因此发出最为绝望和愤怒的嘶吼。

大家一个接一个好奇地聚拢过来。汉斯和熊大叔
绕着纸箱走来走去；马克将摩托车停在稍远些的地

方，生怕被石球发现。他现在的身份可不一样了，比任何时候都酷。为此他还特意在车身写满了"冲锋联盟"的字样，石球见到自己肯定会爱得发狂。

"快给软木塞之王让路！快！"软木塞还在不依不饶地大吼大叫。

为了控制住软木塞的情绪，大家找出蜂窝煤生日中拆下的彩带，七手八脚地将软木塞捆了个结结实实。

但软木塞的力气比想象中大得多，尽管身上五花大绑，他还是蹦跶个不停。

正在大家伤脑筋时，马克驾驶着摩托车凑过来。

"把他系在我后座上试试！"

花里胡哨的马克让大家吃了一惊，石球的眼里顿时闪现出既惊喜又温柔的光芒。

费了一番周折，丝带总算系好了。马克一脚油门冲了出去，软木塞被突如其来的加速吓了一跳，来不及叫出声，只能晕头转向地在半空剧烈颠簸。

马克就这样拖着软木塞兜了一圈又一圈，一直转到软木塞快要失去意识，才在纸箱外停下来，解开系在后座上的丝带。

"我就不信了，这样他还能不老实?!"马克说。

软木塞脸色铁青，紧闭双眼躺在草地中央，被迫接受大家的围观。

石球心潮澎湃：软木塞和马克各有各的好，她一时难以抉择。

直肠子的熊大叔则没法对花里胡哨的马克视而不见。

"瞧这只橡胶猴子，像什么样!"他对蜂窝煤小声抱怨。

蜂窝煤晃了晃眼睛，冲马克仔细打量一番。

"冲锋联盟!不错嘛。你的'锋'字写得还挺有模有样的。不过这是个什么联盟?"

"无可奉告。"马克得意地卖起关子。瞅准石球走神的空当，他一踩油门赶紧溜走了。

　　麝鼠拖着晕乎乎的软木塞往家走，心里盘算着如何讲解奥菲利亚的人物性格。

　　"别忘了明天开始排练！"熊大叔叮嘱道。

　　石球到处找不到马克，只好灰溜溜地往麝鼠家滚，厚着脸皮钻进洞里，巴望着能见软木塞一面。

第十六章

　　暮色渐渐笼罩了大地，马克坐在麦片铁罐里沉思。冲锋联盟目前只有自己一名成员，他必须拉拢更多冲锋者加入。

　　汉斯和小丫肯定站在他这边，不用动员也会加入；松塔也算铁杆粉丝；至于艾伦嘛，怎么看怎么不像冲锋联盟的成员；还有石球，反应总是慢半拍，不行；软木塞的速度倒是快，可有点疯疯癫癫的；冷杉果脑子太笨，根本没法沟通。

　　这么算下来，冲锋联盟初步吸纳的成员有马克自己，汉斯，小丫和松塔。

天色已经完全暗下来。但正在兴头上的马克顾不了这些，他将粉笔夹在后座上，一掀铁罐盖就冲了出去。

四周静悄悄的，除了摩托车的轰鸣，只有纸箱学校里传出的鼾声。但沙坑那边完全是另外一幅景象，伴随着热闹和喧嚣声，几个模糊的身影正来回晃动。

"喂！石球在吗？"马克大声问。

"不在，她滚去找软木塞了。"是汉斯的声音。

"太好了！除了你，还有谁在？"

"我数数啊。我，小丫和松塔！"

"好巧啊！整个冲锋联盟都凑齐了！"

马克滑进沙坑，用粉笔在他们身上摸黑写下"冲锋联盟"四个字。

"从现在开始，"马克郑重其事地宣布，"你们都是马克的冲锋联盟的正式成员！热烈恭喜！"

大家都觉得很光荣。松塔高兴得手舞足蹈起来，就他所知，在球果界，可从来没有谁加入过什么联盟。

小丫对结果没有异议，只是觉得加盟过程有些不舒服——马克的粉笔总是戳进他身上的针织小洞，痒痒的挺难受。

最后，新成员吸纳仪式总算完成。就连汉斯小推车的前前后后，里里外外，都被马克满满当当地写上"冲锋联盟"四个字。

"冲锋联盟是做什么的？"汉斯问。

"就是用来冲锋的，"马克不假思索地答道，"所有成员都是冲锋者，我们的任务就是冲，冲，向前冲。不过，你们要记得保密哟！"

回家途中，马克特意绕了点路，挑选了几处醒目的地方写下"冲锋联盟"的字样。

　　艾伦睡醒后，发现松树上赫然出现"冲锋联盟"几个大字，肯定惊讶得说不出话来；麝鼠一出洞口，就会看见沙地上巨大的文字：*冲锋联盟*。想到这些，马克忍不住得意地哈哈大笑。

第十七章

　　这天晚上，麝鼠几乎没怎么睡。一方面是因为石球霸占了他心爱的红色毛毡，另一方面是因为时间越晚，软木塞反而越精神。软木塞天生睡眠就少，而对于自称软木塞之王的香槟酒瓶塞来说，一天休息两个小时就足够了。

　　为了《玩偶哈姆雷特》的顺利排练，麝鼠试图向软木塞介绍背景知识。他动情地讲述奥菲利亚的不幸遭遇。但软木塞丝毫不为所动，不停地蹦来跳去。

　　于是麝鼠开始朗读《老鼠高尔基》的悲惨故事，努力营造出压抑低沉的氛围。然而软木塞越听越兴奋，最后竟然哈哈大笑起来。

麝鼠眼睛红肿，双手颤抖，内心充满绝望。最后，他只能一屁股坐在软木塞上，才使对方安静下来。

麝鼠就这样一动不动地坐在软木塞身上，在平静中熬过了整整一个半小时。伴随着曙光的出现，洞外响起由远及近的脚步声，原来是熊大叔。

"早上好，亲爱的麝鼠老弟。昨晚睡得好吗？"

麝鼠蹑手蹑脚地挪到洞口，探出脑袋。

"嘘——小声点！我好不容易才让软木塞睡着。"

"哦，我们的小奥菲利亚睡着啦——可现在不是睡觉的时候！"熊大叔边说，边捡起一根树枝往洞里捣鼓。

软木塞和石球一前一后从洞口滚了出来，睡眼惺忪地东张西望。

"软木塞看起来温顺多啦，麝鼠你还真有两下子！"熊大叔满意地说。

话音刚落，软木塞中气十足的声音就响了起来：

"快给软木塞之王让路！"

软木塞刚想往海里跳，就被眼疾手快的麝鼠扑了个正着。在熊大叔的帮助下，麝鼠用绳子将软木塞严严实实地捆住，拖着他一起往纸箱学校走去。

熊大叔敲门时，蜂窝煤还在睡觉。昨晚他难得睡了个又香又沉的好觉，只做了两个梦。一个关于灾难，另一个关于葬礼。在被敲门声催醒后，他感到前所未有的神清气爽，对即将开始的排练充满信心。

"我说老兄，你什么时候开始在纸箱上乱涂乱画了？"熊大叔问。

"在纸箱上乱涂乱画……怎么可能嘛……"蜂窝煤嘟哝着钻出纸箱，被外面巨大的涂鸦吓了一跳。

"真是莫名其妙……看着倒像是马克的风格……"

"橡胶猴子！我就知道是他！瞧瞧这些涂鸦，和他摩托车上的一模一样！"熊大叔愤愤地说。

"这么一说倒是提醒我了……今天早上……在我家外面……就洞口的沙地上……好像也有这样的字……"麝鼠吞吞吐吐地说。

"讨厌的猴子！没文化就别瞎逞能！"熊大叔仍然气鼓鼓的，"我说老兄，排练完了你可得把纸箱擦干净。"

还没等熊大叔拿出剧本，纸箱外突然乌压压出现了一大群：汉斯、小丫、马克、艾伦，还有挤在小推车里的冷杉果和松塔。他们嚷嚷着也要参与《玩偶哈姆雷特》的演出。

熊大叔激动得不知所措。

"非常抱歉地通知大家，主要角色都已经敲定了！"

然后他指着纸箱上"冲锋联盟"几个歪歪扭扭的大字，冲马克说：

"还有，在任何情况下，橡胶猴子都不得参与演出！"

"可是在俄罗斯……"麝鼠细声细气地说，"在俄罗斯，大家都可以参与演出，哪怕是扮演一只小鸟，一棵树，甚至……甚至是一块石头……"他怯怯地瞄了眼熊大叔。

"在俄罗斯？哼！四十只老鼠还挤一张床呢！"熊大叔越说越恼火，"这儿有这儿的规矩，每只老鼠都有自己的床。是吧，蜂窝煤老兄？"

蜂窝煤对此不能确定，脸上流露出为难的神色。最后商议的结果是，如果不计较角色大小和出场时间长短的话，大家都可以参与。当然，马克和石球必须伪装得完全看不出原貌，否则熊大叔非气出脑溢血不可。

第十八章

　　谁都没有料到，《玩偶哈姆雷特》的首次排练会如此状况百出。由于熊大叔明智地跳过了第一章，因此开场还算平静，之后局面就越来越失控。本色出演的冷杉果意外掉进沟里，软木塞的情绪空前高涨。还没等玩偶哈姆雷特出场，说出第一句台词"寒风刺骨，好冷！"汉斯和小丫已经忍不住笑场，嘈杂声完全盖过了角色介绍的旁白。

　　小丫被分配到的角色是一块不起眼的灰色石头，汉斯则扮演奥菲利亚缝纫时坐的板凳。

　　艾伦的任务是站在一旁充当松针堆。她对这个角色格外重视，脚一沾地就强迫自己倒头大睡。

　　石球伪装得太好了，以至于谁都不知道她在哪儿。马克则扮演重要布景——堤坝，也就是可怜的奥

155

菲利亚失足溺水的地点。

松塔的戏份很重，他不仅要扮演玩偶哈姆雷特之友，还要插空假扮树篱布景。

在麝鼠说完"我疯了！"之后，熊大叔所饰演的玩偶国王的鬼魂飘飘荡荡地出现在舞台上。

目前为止还算顺利。

然而，从软木塞奥菲利亚被绑上汉斯板凳的那一刻起，板凳就开始不受控制地剧烈晃动起来。玩偶哈姆雷特喊出"去修女院吧，奥菲利亚！"的台词时，软木塞带着板凳一起双双摔倒在草地上。

熊大叔明显有些不耐烦。

"我打断一下，麝鼠老弟，你刚才说的'修女院'是什么意思？"

"没什么意思，就是修女院啊。"麝鼠的声音透着心虚。

"我们不这么说。"

"可是在俄罗斯⋯⋯"麝鼠刚想辩解，就被熊大叔生生掐断了话头。

"这里不是俄罗斯，这里的说法是'修道院'。"

排练继续进行，好不容易摆端正的板凳仍然抖个不停，连带着旁边的灰色石头都摇晃起来。

麝鼠的情感越来越强烈，动作也越来越夸张。当玩偶哈姆雷特狠狠刺向幕布后奥菲利亚的父亲时，蜂窝煤已经完全忘记了自己被杀死的设定，而是忍不住汪汪叫唤。

之后的情形越来越糟。

按照剧情安排，软木塞奥菲利亚应该坐在板凳上缝纫，然后说出台词"什么意思?"接着冲向马克伪装成的堤坝，一头栽倒，假装溺水身亡。

但软木塞根本不可能安安静静地缝纫或是顺顺当当地说出台词，更不可能完成失足溺水的戏份。原因有三：第一，板凳没有一刻停止摇晃；第二，软木塞反反复复就嚷嚷一句话："快给软木塞之王让路!"；第三，堤坝趁乱溜走了。

尾声部分，大大小小的角色横七竖八躺了一地，屏住呼吸装死。在大家营造的悲惨气氛中，拒绝死去的软木塞拉上无所事事的冷杉果，兴高采烈地跳起

舞来。

除了软木塞奥菲利亚不太配合之外，熊大叔对初次排练还是基本满意的。当然，美中不足是缺少背景音乐，如果能配上点泰迪熊贝多芬那就太完美啦。

熊大叔不顾大家的反对，执意打开留声机盒子。在泰迪熊贝多芬忧伤的乐章中，他靠着松针堆（艾伦显然非常尽责），惬意地闭上眼睛。

当他再次睁开眼睛时，唱片早就放完了。纸箱学校的盖子关得紧紧的，板凳、树篱、灰色石头等等布景道具都撤离得干干净净，主要演员也早已收工回家。

只有艾伦还躺在原地，鼻子压在前脚上，发出厚重的呼吸。

她已经不年轻了，熊大叔暗暗感叹，当然自己也一样，更不用说蜂窝煤了……不可否认，他们都已经步入老年。

"岁月不饶人呐！"熊大叔喃喃自语，体贴地将艾伦的长鼻子挪到一旁，这才放心离开。

《玩偶哈姆雷特》的初次排练令大家筋疲力尽，正式演出的时间因此被迫无限期延后。听到这个消息，蜂窝煤长舒一口气，心情顿时轻松不少。他太老了，明显有些力不从心：麝鼠的那一刺产生出一道新裂缝，毛絮扑簌簌掉得满地都是。他现在只想随便溜达溜达，最好能找到合适的东西埋着玩。

蜂窝煤绕着纸箱不紧不慢地兜圈子，东张张，西望望。

恰好这天汉斯心血来潮，想要当一回救难小英雄。令他失望的是，大家似乎都过得不错，既没有谁挨饿受冻，也没有谁心情低落。汉斯因此显得十分多余，哪儿都不能体现他存在的意义嘛！

汉斯决定去蜂窝煤那儿碰碰运气。距离纸箱学校还很远，汉斯就嚷嚷起来：

"喂，有什么需要帮忙的吗？"

"要是挖洞的话，我们乐意效劳！"小丫从汉斯口袋里伸出嘴巴，补充道。

"可今天是我的学习日。"蜂窝煤不高兴地嘟囔。

"我们可以义务大扫除！"

但蜂窝煤不愿意把学习日变成大扫除日。汉斯和小丫碰了一鼻子灰，继续往艾伦那里走。

直到松树下他们才发现，艾伦正躺在一丛矮松枝上呼呼大睡。

在汉斯和小丫看来，灰头土脸的艾伦太需要一次

彻底的大扫除了，再说她随时会从树上掉下来，到时候就要看救难小英雄的本事啦。

"这样吧，我们先把她弄醒，再救她也不迟。"汉斯建议。

他捡起一根树枝，在艾伦身上拍拍打打。扬起的灰尘仿佛浓雾般弥漫开来，挡住了他们的视线。随着拍打力度的加重，艾伦身上落下的锯末也越来越多，但她丝毫没有苏醒的迹象。

还没等汉斯和小丫大显身手，艾伦咚一声摔落在树下的苔藓上，揉揉眼睛爬起来。

"我这是在哪儿？"

"在松树下面啊。"

"我在松树下面干吗？"

"躺着呗。"汉斯回答。

艾伦一脸孩子气。

"我想橡果了，橡果什么时候回来？"

橡果早就死了，不知道被埋在哪儿。可艾伦似乎完全忘记了这件事。

"你们能跟我去纸箱学校吗？我想找蜂窝煤问问，橡果去哪儿了。"艾伦恳求道。

艾伦看上去无可救药，汉斯和小丫没有兴趣和她继续纠缠下去，于是将一路收集的松针和树枝堆进手推车里，和艾伦挥手告别。意犹未尽的汉斯提议去麝鼠家看看，说不定有新的收获。

麝鼠还在为坚持"修女院"这一说法所受到的指责黯然伤心。自从《玩偶哈姆雷特》的排练结束后，

他就躺在红色毛毡上默默哭泣，思念着家乡俄罗斯以及俄罗斯天鹅微微颤抖的翅膀。

一首新的诗在他脑中逐渐成形：听，细密柔和的扑棱声……但他实在太悲伤了，连提笔书写的力气都没有。

软木塞已经不在了。由于无法忍受石球过于密切的关注，软木塞瞅准时机跳进了月光河，顺水漂走了，这一幕碰巧被路过的熊大叔看在眼里。得知这一消息的麝鼠几近崩溃：在短短的几年里，他居然先后两次被两只不同的软木塞抛弃！

"喂！麝鼠！你在家吗？我们是来拯救你的！"汉斯往洞里喊。

"拯救我？太迟了！"麝鼠泣不成声。

"你先出来再说！"

"不行，我抑郁了。"

"我们是无所不能的救难小英雄，保证为你排忧解难！有什么要求尽管提！"汉斯放话出来。

一阵沉重的叹息后，麝鼠慢慢挪出洞口。

"那我……我想再听一次俄罗斯天鹅翅膀的扑

棱声……"

俄罗斯天鹅翅膀的扑棱声……这可难坏了汉斯和小丫。他们陷入沉思：俄罗斯天鹅翅膀的扑棱声……

"有啦！"汉斯一拍脑袋跳了起来，"跟我来！"

他揣好小丫一溜烟跑远了，留下忧郁而茫然的麝鼠站在原地。

汉斯想到了一根绳子。绳子的一头拴在艾伦的松树上，另一头拴在不远处一棵不知名的小树上。以前，艾伦的小灰毛巾就晾在那儿，后来被大风刮走了，始终没找回来。

绳子还在老地方，只不过上面多了一只松塔——他正来来回回荡得起劲，嘴里发出兴奋的尖叫。

小丫的情绪明显激动起来。

"我们这是要荡秋千吗？"

汉斯的设想是这样的：小丫以最快的速度从绳子的这头跑到那头，同时不断扇动翅膀，制造出所谓"俄罗斯天鹅翅膀的扑棱声"。

小丫颤巍巍站上绳子，立刻跟着松塔的节奏晃荡起来。

"记住！拼命扇翅膀，不许嘎嘎叫！"汉斯叮嘱道。

趁着小丫训练的时候，汉斯必须说服麝鼠过来亲身体验。他一边往回赶一边浮想联翩：要是麝鼠听见俄罗斯天鹅翅膀的扑棱声，他得高兴成什么样啊！要知道，麝鼠可是最多愁善感的，对于救难小英雄而言，这才是真正的挑战！

经过漫长的劝说，麝鼠总算肯挪出来。他耷拉着脑袋，一言不发地跟着汉斯来到绳子下面。按照汉斯的说法，他必须紧闭双眼，屏息凝神地仔细聆听，才能达到最佳效果。

麝鼠坐在地上，闭起眼睛。

小丫使出浑身力气在绳子上奔跑起来，同时上下扇动一对翅膀。呼呼的风差点把松塔掀翻过去。

"你听见什么了吗？"

麝鼠摇摇脑袋。

"那现在呢？"

"还是没有。"

"有没有类似呼哧呼哧的动静？"

麝鼠把脑袋摇成一只拨浪鼓。

突然，他愣住了。

"等等！什么声音……像是……像是俄罗斯鹈
鹕！听！"

大家竖起耳朵仔细听。

四周一片寂静，只有松塔因为脚下打滑而不时发出尖叫。

"快听！就是这个！俄罗斯鹈鹕！"麝鼠惊喜地说。

话音刚落，松塔便失去平衡，一头栽在麝鼠毛茸茸的贝雷帽上。

麝鼠激动地哭起来。

"真没想到，我还能听见俄罗斯鹈鹕的声音！我不是在做梦吧……还有，我怎么觉得脑袋上掉了什么东西？"他摘下贝雷帽，一眼看见楚楚可怜的松塔。

"能让我在里面睡会儿吗？我好困。"松塔哀求道。

"不胜荣幸！"麝鼠拍了拍松塔，重新戴好贝雷帽，心满意足地往家走。

"喂！你还要不要听天鹅的扑棱声？"小丫气急败坏地在后面嚷嚷。

但麝鼠顾不上这些，他的内心已经完全被幸福感占据，一行新的诗句正从脑海中浮现出来：

啊，强壮有力的俄罗斯鹈鹕……

第十九章

　　根据小丫的经验，一只石球如果从艾伦松树的最顶端砸下来，重则粉身碎骨，轻则摔成脑震荡。

　　这天，也不知道是怎么回事（很可能是为了找软木塞），石球先是顺着松树滚了上去，然后直通通地掉在马克脑袋上。按道理来说，石球根本不可能往上滚，总之她鬼使神差地滚了上去，又干脆利索地摔了下来。结果倒没有粉身碎骨，甚至连小剐小蹭都没有。脑震荡确实避免不了——石球眼前一下子出现了五个一模一样的马克，这让她幸福得不知如何是好。遗憾的是，晕头转向的石球实在没力气向马克身边滚了。她眨眨眼，想要清醒一下，没想到眼前的五个马克瞬间变成了十个。

经过救难小英雄汉斯的一顿拍打，艾伦变得更加灰头土脸，愁眉不展地跌坐在地上。马克刚好从松树下路过，正热心地帮艾伦把掉出来的锯末塞回去，冷不丁被石球结结实实砸了一下。

听到消息，蜂窝煤第一时间就赶了过来。出于私心，他很希望石球摔得粉身碎骨，这样他可以顺理成章地展示自己的挖掘技能，再操办一场隆重肃穆的葬礼……

所以，当蜂窝煤赶到事发现场，看见完好无损的石球时，心里别提有多失望了。

"你还活着啊？"

石球咯咯直笑。

"你们到底来了个几个啊？哎哟，头好晕！让我数数……五个蜂窝煤……加十个马克！"

蜂窝煤叹了口气，垂头丧气地原路返回。趁着石球还在晕乎乎地不知所云，马克赶紧逃回麦片铁罐，避免一场疯狂的求爱追逐。

　　自从收到熊大叔的生日礼物《泰迪熊但丁诗集》后，蜂窝煤颇为认真地读过几次。但书上的文字又小又密，他只读到第七页就再也读不下去。蜂窝煤索性把书塞在《苍鹭和鹳鸟》后面，努力不去想这回事。

　　再说，他还有更重要的任务要完成。

　　在纸箱内举行过追寻联盟的首次会议后，成员们一致认为，目前联盟最为紧要的任务是，对大家所遭遇过最惨痛的灾难进行调查。

　　蜂窝煤对此极其重视。会议一结束，他就披上汉斯送的毛衣，进树林开始登门寻访了。

　　他先敲了敲马克家的门。麦片铁罐里静悄悄的，一点动静都没有。蜂窝煤扯开嗓门嚷嚷了几声，马克才将铁罐盖子掀开一条缝，小心翼翼地探出脑袋，解释说自己为了躲避石球才不敢吭声。马克看起来比任何时候都酷：他浑身上下写满了"冲锋联盟"几个大字；经过坚持不懈的努力，他终于在头顶搓出一根橡胶条，成功塑造出所谓的朋克造型。

蜂窝煤上下打量了马克一番，不由有些困惑。

"要是你告诉我，你们那个联盟是怎么回事，我就告诉你我们这个是怎么回事。"马克提议。

"你是说……我们的兄弟联盟？"蜂窝煤脸红了，"我不能说，这是秘密。"

"哼，那我也不告诉你！"马克撇撇嘴。

蜂窝煤一屁股坐在地上，掏出纸铺开来。他向马克解释说，自己在做一个非常重要的调查，内容是大家所遭遇过的最惨痛的灾难。

马克沉默了半晌，他遭遇过太多太多惨痛的灾难，要是列举那些没经历过的倒还简单些。比如不久前，他的脑袋刚被石球砸中过。要说车祸就更多了：和艾伦的松树起码撞过五十次，和小丫撞过一百次，和松塔撞过两百次，和……

在马克滔滔不绝地痛诉完悲惨经历后，蜂窝煤总结出三条：

第一，被石球砸到脑袋；

第二，到处撞来撞去；

第三，轮胎随时漏气。

蜂窝煤刚要启程前往麝鼠家，突然被眼尖的马克拦了下来。

"我送你的冲锋手套怎么没戴？丢了吗？"

"没有，没有，怎么会！我把它收在《苍鹭和鹳鸟》后面了，绝对安全……"

马克半信半疑。

"你不会借给老混混了吧？"

"老混混……你是说熊大叔吧？肯定不会。我上次找熊大叔的时候倒是想戴上给他瞧瞧，不过你那只……叫什么来着……"

"冲锋手套。"

"……对，冲锋手套……好像有点大……老往下掉。"

"一点都不大！你戴着正合适！"马克反驳道，"再说你不是喜欢挖洞嘛，戴上它保证挖得又快又好！"

"嗯，值得考虑。"蜂窝煤边说，边将纸笔塞回毛衣口袋里，继续往麝鼠家走。

麝鼠所遭遇的最大灾难莫过于离开故乡俄罗斯。

"麝鼠老弟，你就没有掉进过哪个洞里？"

"不算掉吧，一般是我自己跳进去的。"麝鼠回答。

蜂窝煤赶紧擦掉重写。

"你没有被谁踩过或者压过？"

那倒是有。熊大叔就把他压扁过好几次，好在没过几天他就能恢复回来。

蜂窝煤仔细记录下麝鼠遭遇的灾难。

就在蜂窝煤起身告别时，麝鼠坚持请他多留片刻，欣赏自己新创作的诗：

"听，细密柔和的扑棱声……"

后一句的意思则比较明朗：

"啊，强壮有力的俄罗斯鹅鹕……"

蜂窝煤听得津津有味。和熊大叔不同，他更偏爱短小精悍的诗。

从大冷杉果和小冷杉果的嘴里什么都问不出来。自从爱动脑筋的中冷杉果死去后，整个冷杉果家族就不再思考问题。

蜂窝煤只好写上一句"经常缺胳膊断腿"，然后接着往前走。

熊大叔遭遇的灾难简直数不胜数：他掉过一次

眼珠，丢过两次耳朵，还曾经三次倒栽进月光河。他的脑袋被球果砸中过四次，身体被缝衣针扎过五次，还被讨厌的橡胶猴子撞过六次！他一直琢磨着写一本有关灾难史的自传，因此对各种遭遇记得格外清楚。

艾伦和冷杉果差不多，都属于特别健忘的一类。在蜂窝煤的反复追问下，她才模模糊糊记起来，童年时代，她好像被某个淘气包狠狠拽过鼻子。

"鼻子差点被拽断。"蜂窝煤记录道，然后在下面补充一行小字：每天跌落松树一次。

汉斯和小丫又在沙坑里玩填埋游戏，他们把各自的身体埋了个严严实实，只露出两只脑袋在外面聊天。汉斯同样多灾多难：跌个狗吃屎；摔个四仰八叉；脑袋被石头砸中；身体被洞卡住；走着走着撞到树上；跑着跑着跌进池塘……小丫曾经溺水七次，失足掉进洞里无数次。还有，被大家以各种方式挤压或踩扁过……

蜂窝煤刚写下"遭到挤压"四个字，就发现纸用完了。他在最后一点空白处写下"以名誉和良知起

誓",并认认真真签上自己的名字:蜂窝煤。然后往地上一趴,呼呼大睡起来。

第二十章

很长一段时间以来，恐怖链锤都没有任何动静。就在大家渐渐卸下戒心时，某天清晨，汉斯突然听见令他毛骨悚然的尖叫声。

起初，汉斯还以为是玻璃花瓶碎裂的声响，但他很快意识到是恐怖链锤发出的尖叫。汉斯一下子从睡梦中清醒过来，捎上小丫跳进小推车，冲出去向大家发出警告。

小丫早就被吓醒了，躲在肥皂盒里瑟瑟发抖，只能跟着汉斯的小车一路颠簸往前赶。

蜂窝煤居然没在睡觉，而是钻进纸箱学校后面的灌木丛晃来晃去，脸上一副高深莫测的表情。

"恐怖链锤来抓你啦！"汉斯高喊。

蜂窝煤打了个冷战。由于嘴里叼了根骨头，他根本没法回答。

"喂！我没和你开玩笑！开始我还以为是玻璃花瓶呢，后来才知道是恐怖链锤！"

蜂窝煤深深地叹了口气，无奈地放下骨头。这根骨头是前一天他在麦片铁罐附近偶然找到的，还散发着一股浓郁诱人的气味。蜂窝煤仔仔细细舔了一整晚，现在才舍得把骨头埋起来。掩埋骨头是一件极其隐私的工程，所以汉斯的莽撞打扰让蜂窝煤很是不满。

"蜂窝煤，你嘴里是不是有什么东西？给我看看嘛！"

"也给我看看嘛！"肥皂盒里传出小丫的附和声。

"就是个小玩意儿，"蜂窝煤慌忙敷衍道，"没什么好看的。"

他把骨头悄悄藏到身后，一屁股坐上去挡了起来。

"给我看看嘛！"汉斯不依不饶。

"真没什么好看的，再说我自己都找不到了。"蜂窝煤的口气越来越生硬，脸色也越来越难看。

"随你便吧。"汉斯有点不高兴，"不过千万当心恐怖链锤，他可会把你们一个一个都抓走！别怪我没提醒过你！"

蜂窝煤转过身，重新叼起骨头，慢腾腾地朝灌木丛挪去。

"小气鬼！以后你可别再指望从我这儿得到点什么！"汉斯骂骂咧咧，"把毛衣还回来！"

蜂窝煤找到一处绝佳的掩埋地点，专心致志地挖起洞来，不时抬起脑袋警惕地四下张望。

汉斯凑了过来。

"蜂窝煤，你要埋什么？"

"没什么。"

"肯定有什么！"

蜂窝煤显然不打算和汉斯争执下去，他叹了口气，叼起骨头走开了。

看来恐怖链锤是吓不倒蜂窝煤了。汉斯和小丫继续往麝鼠家赶去。蜂窝煤兴致勃勃地挖好了一只新洞，刚要把骨头放进去，就听见一个熟悉的声音：

"亲爱的老兄，早上好啊！"

蜂窝煤内心不由产生一种功亏一篑的绝望感。

熊大叔的作息习惯越来越难以捉摸：从前他总是昼伏夜出，现在属于不分昼夜地神出鬼没。

"抱歉打扰你的雅兴，我猜你这么神神秘秘的，肯定和骨头有关……不过我充分表示理解，爱好不同嘛！"熊大叔找了个舒适的位置，靠着纸箱坐下来，把留声机盒子搁在面前。

蜂窝煤脸色苍白。根据熊大叔的习惯，泰迪熊贝多芬的唱片播放期间，听众应该停止手头一切工作，聚精会神地聆听。不过这次蜂窝煤多虑了，听说蜂窝煤刚刚完成关于灾难的调查，熊大叔迫不及待想要看看调查结果。趁着熊大叔逐字逐句阅读的时候，蜂窝煤抬起腿悄悄往后退。

"嗯，不错……哦，真的吗？不是吧，居然……"熊大叔一边自言自语，一边伸出熊掌，努力辨认那些

歪歪扭扭的字迹。

蜂窝煤屏住呼吸，悄无声息地退到一个僻静的角落。就在他刚要挖掘一只新洞的时候，熊大叔抬起了脑袋。

"我说老兄，你躲在那儿干什么？"

"没干什么。"蜂窝煤心虚地否认，悻悻地走出来，坐在熊大叔身边。熊大叔粗心惯了，根本没留意蜂窝煤一脸的不甘心。

"让我看看……"熊大叔皱起眉头，"关于橡胶猴子的部分可以划掉，关于橡胶的东西根本不值得调查！"

熊大叔拿起笔，用粗粗的线条划掉"被石球砸到脑袋，到处撞来撞去和轮胎随时漏气"这三条。

关于麝鼠所遭遇"离开故乡俄罗斯"的灾难，熊大叔深表同情。

"不过接下来是什么意思？"熊大叔嚷嚷起来，"我压扁过麝鼠好多次？这也太夸张了吧！没有的事！"

熊大叔又用粗粗的线条划掉关于麝鼠的两条。冷杉果的部分也被他删掉了，理由是球果类脑子太笨，不可能调查出什么结果。

蜂窝煤还在寻找掩埋骨头的机会。

"造谣！纯属造谣！"熊大叔激动地大吼大叫，"我

怎么可能拽艾伦的鼻子嘛！我对老同学从来都是很友好的！"他干脆利索地划掉了艾伦的部分。

与此同时，蜂窝煤总算又挖好一只新洞，就在他准备抛下骨头的那一刻，熊大叔突然转过头来，用严厉的目光瞪着他。

"我亲爱的老兄，你就不能空出嘴来和我讨论一下吗？"

蜂窝煤一愣，骨头应声落地。

对于汉斯声称的灾难，熊大叔认为根本不值一提。因为和其他调查对象相比，汉斯怎么说也算人类，承受能力理应强一些。

熊大叔不由分说，提起笔将汉斯剔除出去。

"现在就剩小丫了。"蜂窝煤小声说。

在熊大叔看来，这种针织类产品根本不应该参与竞争——不，是调查，所以，小丫被判出局！

整张纸如今涂满了粗粗的黑线，只剩下熊大叔的一小段内容。短短几行字让熊大叔陷入了纠结。

"都挺惨痛的，很难选择……掉眼珠……丢耳朵……倒栽进河里……我觉得最严重的还是掉眼珠！亲爱的老兄，恭喜我吧！"

"哦哦……恭喜！"蜂窝煤不情愿地说。

在蜂窝煤看来，这又不是什么比赛，就是纯粹的采样调查嘛。但熊大叔对自己的夺冠相当满意，坚持要求播放泰迪熊贝多芬以示庆祝。蜂窝煤不气馁地又挖出一只不大不小的洞，刚想将骨头叼过来，悲伤的旋律骤然响起。他只好站在原地，隔着自我陶醉的熊大叔，眷恋地望着远处的骨头。

第二十一章

月光河里漂来了一只小木筏。它由木板和绳索捆扎而成，看上去既漂亮又结实。这天，蜂窝煤正沿着河岸散步，它就这么晃晃悠悠地顺水漂了过来，卡在几块大石头中间。蜂窝煤喜出望外，赶忙找了根绳子，将小木筏牢牢系在岸边的大树上。

"小小木筏河上漂，载着我们水中摇……"蜂窝煤一边给绳子打结，一边自言自语地哼唱起来。突然，他灵光一闪——

"郊游！"

这些天以来，他一直在琢磨，如何安排即将到来的纸箱学校年度结业典礼。尽管纸箱学校的课程安排总是断断续续，经常因为他打瞌睡或啃骨头的需要而被迫中断，但结业典礼必须正式而隆重。况且，郊游是每年结业典礼的保留项目。只不过前几年，纸箱学校光顾着组织郊游，完全忽略了结业典礼。

对于蜂窝煤的学生来说，结业典礼无疑是莫大的惊喜。纸箱学校开开停停，既没有正式的开学日期，也不存在所谓的结业日期。

但这次的情况和以往不同。一打定主意，蜂窝煤就在纸箱学校外挂出告示，上面写着：

> 结业典礼通知
> 地点：月光河畔
> 时间：本周四
> 内容：保密

鼹鼠是第一位具备阅读能力的目击者。他立刻将

187

这个好消息告诉马克，马克接着告诉了松塔，松塔又告诉小丫，就这么一个接一个传了下去……

星期四一早，除了贪玩忘记时间的松塔以及迷路的冷杉果，得到消息的各位陆陆续续来到月光河畔，惊喜地看见蜂窝煤正坐在小木筏上，招呼大家上船。

熊大叔和麝鼠一高一低地架着艾伦，颤颤巍巍地挪了上去。

马克看起来比任何时候都酷。他特意用进口的地板蜡把浑身上下都涂了一遍，在阳光下闪着刺眼的光。石球发疯一般绕着他滚来滚去，内心洋溢着澎湃的激情……

就这样，大家在吵吵闹闹中总算都挤上了木筏。汉斯用竹篙一撑，木筏摇晃着漂离了岸边。艾伦紧张极了，闭上眼睛挨坐在熊大叔身边。

顺着月光河涟漪的水波，小木筏飞快地驶向神秘目的地。

"都坐稳啦，落水概不负责！"汉斯说。

大家挤坐在一起，努力抑制住好奇心，不去四下张望。

"我说老兄，你说的神秘目的地到底是哪儿啊？"熊大叔悄悄问蜂窝煤。他胳膊的长度只够拽住艾伦，对稍远些的马克就无能为力了。

"告诉你就不神秘了。"蜂窝煤卖起关子来。

小木筏还在继续前进。

穿过熟悉的灌木丛和小树林后，小木筏进入了一片陌生地带：月光河两岸开始出现起伏的山峦和大片

平原，其间散落着各种各样的软木塞、坚果壳和不知
名的小东西。

艾伦对小木筏已经不那么恐惧。只是每一次轻微
的颠簸过后，都会有锯末从她的身体里飘出，很快在
河面上形成一道蜿蜒的漂浮带。

一块写有"砍柴斯基"的木牌赫然映入大家
眼帘。

熊大叔和蜂窝煤面面相觑，他们从没听说过什么
"砍柴斯基"的地方。

"这到底是什么鬼玩意儿？看名字应该是从俄语
翻译过来的，你说呢，麝鼠？"熊大叔颇有几分把握。

麝鼠想了半天，也不记得俄罗斯有这么个地方。

"毫无疑问，牌子上的地名肯定和俄罗斯有关。"熊大叔语气更加肯定，"砍柴斯基？只有俄罗斯才有这种怪名字！"

麝鼠叹了口气，不作争辩。木牌越来越远，最终消失在大家视野里。

抵达目的地时，大家已经筋疲力尽，原本挤挤挨挨的一团也成了一盘散沙。

所谓的神秘目的地看起来平淡无奇，但蜂窝煤坚持己见，汉斯只好撑住竹篙将小木筏停稳，等大家一个一个爬上岸，自己也跟着跳了上去。蜂窝煤走在最前面领路；马克驾驶摩托车紧随其后，其间不时展示几个特技；石球寸步不离地在他周围打滚，由衷地发出喝彩声；熊大叔和麝鼠架着艾伦，磨磨蹭蹭地走在最后。

就在大家快要失去耐心时，谜底终于揭晓：草地上一块又大又圆的石头！和它相比，石球简直微不足道。

"我的老天！好圆的大石头！怎么说也算是我的

前辈吧！"石球激动地语无伦次。

蜂窝煤站在巨石前，整了整毛衣，示意大家安静下来。

"数千年以前，这块石头上曾经蹲过一只著名的狗！"蜂窝煤郑重其事地叙述道。

大家努力装出感兴趣的样子。

"哦？是吗？"熊大叔兴趣索然，"那我倒要问问了，这只狗著名在哪儿？"

蜂窝煤还在思考如何作答，熊大叔已经凑近石头端详起来。

"这是什么？冲、锋、联、盟？什么意思？"

蜂窝煤愣在原地。冲锋联盟！这么眼熟，倒像是在哪儿见过？

马克夸张地咳嗽了一声，冲锋联盟的几名成员立刻抱成一团热烈相应。

熊大叔鄙视地瞪了他们一眼，蜂窝煤则忙着在毛衣口袋里翻找成绩单。

一阵混乱之后，大家总算拿到了各自的成绩单。每张成绩单上都贴有金色的小星星，成绩下还有蜂窝煤歪歪扭扭的评语。

就在蜂窝煤招呼大家齐声合唱结业典礼之歌《你这光荣古老的北国森林》时，不远处突然传来一阵凄厉的尖叫，大伙被吓得不轻，浑身的毛骤然竖了起来（对于有毛的那些来说）。

"恐怖链锤来啦！"汉斯大喊。

"恐怖链锤来啦！"大家跟着喊。

　　恐怖链锤又发出一阵尖叫。大家慌忙逃进树林，躲在树后缩成一团，纷纷打着冷战，牙齿发出格格声响，盘算着如何才能脱身。

　　"快放泰迪熊贝多芬给他听，肯定能把他吓跑。"马克小声建议道。

　　熊大叔不屑地哼了一声。

　　"汉斯，你那根竹篙还在吗？"蜂窝煤试探地问。

　　"不行，绝对不行！"汉斯连连摆手。

　　"蜂窝煤的牙齿最厉害了，要不上去咬一口？"蜂窝煤装作没听见。

　　"到底有没有恐怖链锤这种东西啊？"小丫嘀咕。

恐怖链锤又发出一阵尖叫。

"我们轮流讲笑话吧！快点！"马克出了个点子。

大家分头动起脑筋，但满脑子都是恐怖链锤，哪还能想起什么笑话？小丫颤抖了一阵，总算平静下来，勉强记起了一个。他慌里慌张地小声说道：

"石球和熊大叔走在路上……"

石球和熊大叔走在路上，突然发现一只死掉的球果。他们高兴极了，决定为球果举办一场隆重的葬礼。但当他们准备掩埋时，却发现球果活了过来。石球和熊大叔当然很失望，于是把球果打死了……

片刻的沉默后，石球突然发出一阵响彻树林的骇笑。之后便是长久的沉默。

"这下可好，我们就听天由命吧。"马克绝望地说。

他们一动不动地缩在原地，但什么事也没发生。

艾伦第一个按捺不住，站起身来。她当然也很害怕，但并不知道为什么要害怕。其他几个跟着陆续站起来，抖了抖麻木的双脚，一瘸一拐地返回月光河畔。

登上木筏后，大家很快发现，由于水流太过湍急，他们很快失去对方向的控制，无法沿原路返回，而是向着俄罗斯漂去。

"老兄，你说我们该怎么回家呢？"熊大叔望着陌生的风景，忧心忡忡地问蜂窝煤。"难道我真的要移民俄罗斯，和另外三十九只熊大叔住一个窝？"

蜂窝煤的脑子里一片空白。

"这样吧，我用绳子拉着你们走。"汉斯提议。水流越来越急，俄罗斯也越来越近。汉斯只好跳上岸，用绳子拉住木筏，逆流而上。

　　只有麝鼠站在船边，泪水朦胧地望着俄罗斯的天空。他的脸色越来越苍白，脑海中不断浮现出俄罗斯民谣的旋律。就在大家又一次看见"砍柴斯基"的木牌时，麝鼠突然一个趔趄，一头栽进河里。

　　麝鼠毛茸茸的贝雷帽顺着水流向俄罗斯漂去，大家惊慌失措地大喊大叫起来。

　　"救救他！快救救他！"汉斯命令道。

　　"不！不！别救我！我要漂回俄罗斯啦！"麝鼠的声音越来越微弱，很快就听不见了。

大家哭喊起来。马克愤愤地跺着脚；熊大叔悲伤得说不出话来；艾伦背过脸去，悄悄拭去眼角的泪水——自从一年级丢了橡皮擦后，她就再也没哭过。

就在大家哭哭啼啼地感到绝望时，河面上突然又浮现出麝鼠那顶毛茸茸的贝雷帽！紧接着，麝鼠湿漉漉的脑袋从水中探了出来。

在大家的齐心协力下，麝鼠总算被拖上了木筏。

"麝鼠，麝鼠，你还好吧？"熊大叔关切地问。

大家哭得更大声了，马克拍了拍湿透的贝雷帽，语气有些惋惜：

"唉，好好的一顶帽子……"

　　就在快要到家时，河面上突然漂过一只香槟酒瓶塞。软木塞的速度并不快，倘若费点功夫也不难抓到。但软木塞始终耷拉着眼帘，装作没看见木筏，大家也就没了兴趣。

　　一路没吭声的石球却激动起来，一个打滚翻进河里，想要和软木塞套套近乎。没想到瞬间就沉入河底，只能任由软木塞浮浮沉沉地越漂越远。

　　"我们该不该……把石球捞起来？"麝鼠犹豫地问。

　　但大家都觉得没有必要，反正一开始也是打算把石球埋起来的嘛。

　　汉斯将小木筏靠岸停稳，大家一个接一个上了岸。艾伦早已沉睡过去，怎么叫都叫不醒。熊大叔只好抱起她小心翼翼地往前走，以免锯末抖落出来。湿淋淋的麝鼠拎着留声机盒子，一声不吭地跟在后面。

蜂窝煤一连打了好几个喷嚏。刚才上岸的时候，他一个不小心打湿了身上的毛衣，经风一吹还怪冷的。也可能他感染上某种不知名的怪病，蜂窝煤打算找个机会向熊大叔好好请教请教。现在，他只想蜷缩在《中国的内政》和《苍鹭和鹳鸟》之间，合上纸箱盖，美美睡上一觉。

"追寻联盟的好兄弟，再会啦！"熊大叔挥了挥手，消失在松树后面。

"后会有期！"蜂窝煤应声道，接着钻进纸箱。

　　听了一整天熊大叔的唠叨，马克可算是受够了。他以最快的速度飞驰回家，躲进麦片铁罐内清静清静。当然，对于麝鼠临阵脱逃的行为，他还是有些耿耿于怀，而且被恐怖链锤一搅和，自己锃光发亮的外形也没受到什么关注，这也让他多少有些遗憾。

　　"喂！"他冲麝鼠远去的背影喊道，"等哪天有空了，我也帮你设计个朋克造型！"

　　一度喧闹的月光河又恢复了往日的平静。渐浓的暮色仿佛为水面蒙上一层暗色的轻纱，使一波又一波

的涟漪也变得模糊了。

汉斯打了个呵欠，将小丫揣回口袋，跳进小推车。钻过小洞，经过紫丁香丛，穿过爬山虎门，沿碎石子路往前走，就要告别汉斯王国啦！